KB027813

김문원 수필집
황금물결 억새꽃 바다

국립중앙도서관 출판시도서목록(CIP)

황금물결 억새꽃 바다 : 김문원 수필집 / 지은이: 김문원. – 서울 : 지구문학, 2014
p. ; cm

김문원의 본명은 "김규현" 임
ISBN 978-89-89240-55-6 03810 : ₩12000

한국 현대 수필[韓國現代隨筆]

814.7-KDC5
895.745-DDC21 CIP2014025427

김문원 수필집

황금 물결 억새꽃 바다

지구문학

서序

지금까지 살아오면서
내 곁에 두 친구가 있었습니다.

수필이 있어서 행복했고
이젤이 있어서 외롭지 않았습니다.

그 세월
강산이 여덟 번 변했습니다.

이제야
리듬이 보이고 색이 보이는 언덕에 서서
그 삶에 감사하고 있습니다.

서序

언제나
만남 뒤에
가슴에 남는 훈훈한 사람이기를 소원하면서

여기
부끄러운 편편마다
물빛 머플러로 가리어 주기를 바랍니다.

2014년 한가위

문원 김규현

1부

2부

3부

4부

5부

1부

⋮

아름답게 늙고 싶다
황금물결 억새꽃 바다
배추 농사에 얽힌 사연
소방관 생명수당 2만 원

⋮

아름답게 늙고 싶다

숨을 고르며 계속 심호흡을 한다. 선생님은 마음이 부자임을 느낄 수 있다. 선생님은 매사를 긍정적으로 받아들이는 건강한 정신의 소유자이다. 나는 이러한 선생님과 함께 잔잔하게 흐르는 명상곡을 들으며 물감을 풀어 그림을 그리는 순간이 더없이 값지고 행복하기만 하다. 꽃꽂이, 공예, 수예 그외에도 숱하게 많은 취미생활 가운데 왜 하필이면 그림이냐고 묻는다면 나는 선뜻 대답하겠다. 아름다운 색의 조화를 창출하는 작업이야말로 색채감에서 느끼는 풋풋한 젊음을 만끽하기 때문이라고.

아름답게 늙고 싶다

1999년 태풍 '올가' 의 심술이 멎던 날 아침, 나는 땡볕도 아랑곳없이 화판을 들고 집을 나섰다.

정류장에 서서 버스를 기다리다가 희노란 바탕에 녹색 띠를 두른 999번 좌석버스가 나타나면 반가움이 앞선다.

평소에 버스 타는 일에 익숙치 못한 나는 취미생활을 시작하면서부터 사계절 어느 하루도 약속된 날을 거르지 않고 '삼송화실' 을 향해 버스에 오른다.

달리는 차창 밖을 바라보면 한여름의 울창한 가로수 사이사이로 푸른 하늘이 내 마음에 차분히 흘러온다.

삼송리에서 내려, 우측 골목길로 들어서면 능수화가 담장을 덮은 옛 기와집이 있다. 그곳에서 얼마쯤 가다 보면 나지막한 산 아래에 작은 동네가 있다.

그 동네 빈터에 서너 채의 비닐하우스가 있다. 그 중에 주인의 손길이 가장 많이 느껴지는 비닐하우스가 '삼송화실' 이다.

그 화실은 길보다 약간 낮은 곳에 있기 때문에 대여섯 계단을 내려가게 되어 있다.

계단 양켠에 채소밭과 고목 · 괴석이 있어서 그런 대로 운치가 있고, 아주 작은 동물집도 있다. 강아지, 토끼, 고양이, 다람쥐가 번갈아 들락날락하고 있다.

이 동물집은 학생들이 등하굣길에 잠시 멈춰서서 들여다보며 어르기도 하는, 동네 꼬마들의 놀이터이기도 하다.

아이들은 이 울에 와서 먹이도 주고 사랑도 준다.

그러나 가끔 짓궂은 아이의 손에 붙잡혀 어디론가 사라지는 경우도 있다고 한다.

30평 남짓한 화실에 들어서면 벽쪽으로 그림의 소재가 되는 화분, 화병, 질그릇, 예쁘게 담아 놓은 과일 바구니가 금방 이젤(easel) 앞에 앉아 그림을 그릴 수 있도록 정리 정돈이 잘 되어 있다.

추운 겨울엔 연탄난로가 화실의 분위기를 돋아주고, 여름엔 서너 대의 선풍기가 땀을 식혀 준다. 그밖에 간이 씽크대까지 갖춰져 있어서 공부하다가 시장기가 들면 손쉬운 간식이나 커피를 즐길 수 있도록 되어 있다. 이 화실은 밖에서 얼핏 보기엔 채소거리나 자라고 있을 법한 곳으로 여겨진다.

그러나 훌륭한 그림들이 상설 전시되어 있고, 주부들이 취미생활로 그림을 공부하고 있다는 사실을 상상이나 하겠는가.

50을 바라보는 許 여사와 韓 여사는 시어머님이 가정일을 도와줌으로 여유있는 시간을 자기 발전에 투자하기로 결심하고 그림을 시작했다며 재미있어 한다.

60을 바라보는 姜 여사는 젊어서부터 그림전시회를 자주 찾아다니면서 부러워만 하고 망설이다가 '나도 그림을 그릴 수 있을까?' 생각 끝에 용기를 내었다고 자랑했다.

徐 여사는 딸이 서양화를 전공하므로 곁에서 구경하다가 그림이 좋아져서 입문했다.

林 여사는 무료한 노후를 어떻게 소일할까? 궁리 끝에 그림을 시작했다는 것이다.

나도 예외는 아니다. 나이들면서 인간은 한결 고독해지고 자아를 발견하게 된다는 사실을 실감했다.

몸 따로 마음 따로의 생활은 결코 건강치 못하다고 생각되었다. 어디엔가 몰두하고 사는 데가 있어야 한다고 생각되어 그림을 시작하고 보니 나름대로의 새로운 시작은 언제고 찬란한 꿈으로 꽃 피울 수 있음을 깨달았다.

그림 공부한 지 어언 6, 7년이 되었다. 주부로서 여가선용으로 취미생활을 한다는 것은 비할 데 없는 즐거움이며 아름답게 늙는 비결이라고 생각되었다.

그림을 시작한 후 한 점 한 점 내 작품이 늘어날 때마다 우리집 벽에 걸려 있던 유명화가의 그림은 남편의 손에 의하여 여지없이 바뀌진다.

집안 행사 때나 친구들의 방문이 있을 때면, 2층 방에 있는 내 작품들이 어느새 응접실로 줄줄이 나와 있곤 했다.

남편은 은근히 아내를 자랑하고 싶었던 것이다. 처음엔 쑥스럽고 부끄러웠는데 차츰차츰 싫지 않았다.

어느날 인터폰이 울렸다. 나는 '또 은행 심부름이겠지……' 생각을 하면서 수화기를 들었다.

남편은 나에게 빨리 2층으로 올라가보라고 했다. 화실을 꾸며 놓았다면서 마음에 드는지 가보라는 것이다.

'이럴 수가……' 나는 놀라운 행복감에 가슴이 뭉클했다.

남편은 그처럼 나에게 취미생활을 할 수 있도록 세심한 배려를 해주어서 나는 늘 감사하고 있다. 비록 일류화가는 아니지만 흐뭇한 마음으로 열심히 화실에 다니고 있다.

그곳에 오는 동우회원들도 열심히 나와서 공부하고 있다.

우리 회원들은 그림을 좋아하는 이유도 있지만 선생님의 생활태도와 마음가짐을 더욱 좋아하고 있다. 선생님은 자신의 건강도 스스로 잘 챙긴다.

오후 5시경이면 으레 담 하나 사이에 있는 학교 운동장에서 동네 청년들과 혹은 원정 온 축구 동우회원과 한바탕 뛴다.

축구화를 신고 집을 나설 때마다 '저같이 행복한 사람이 또 어디 있을까요? 저는 이렇게 바로 옆에 개인 축구장도 갖고 있습니다.'

선생님은 항상 적은 것에도 감사하고 기쁨에 찬 미소로 생활한다.

어떤 때는 상추와 쑥갓을 한 바구니 뜯어서 손수 샘물에 깨끗이 씻으며 소박한 웃음을 날리기도 한다.

학교 울타리를 장식하고 있는 꽃과 푸른 잎을 볼 때면 본인의 꽃밭이라 즐거워하고 그것을 화폭에 담는 마음씨 고운 스승이기도 하다. 선생님이 어쩌다 볼 일이 있어 시내 나들이에서 돌아오면 한 마디 하신다.

"이곳이 천국이지요. 숨이 답답하고 눈이 매워서 혼났어요. 이렇게 맑은 공기를 듬뿍 마실 수 있는 이곳이 천국이지요."

숨을 고르며 계속 심호흡을 한다. 선생님은 마음이 부자임을 느낄 수 있다. 선생님은 매사를 긍정적으로 받아들이는 건강한 정신의 소유자이다. 나는 이러한 선생님과 함께 잔잔하게 흐르는 명상곡을 들으며 물감을 풀어 그림을 그리는 순간이 더없이 값지고 행복하기만 하다.

꽃꽂이, 공예, 수예 그외에도 숱하게 많은 취미생활 가운데 왜 하필이면 그림이냐고 묻는다면 나는 선뜻 대답하겠다.

아름다운 색의 조화를 창출하는 작업이야말로 색채감에서 느끼는 풋풋한 젊음을 만끽하기 때문이라고.

그것이 바로 아름답게 늙어가는 과정이 아니겠는가!

며칠 전 화실에서 그린 유화에 싸인을 마친 작품 한 점을 조심스레

들고 택시에 올랐다.

뒷좌석에 앉아서 그림을 보고 있는데 기사 아저씨가 고개를 돌리며 내게 물었다.

"그림을 얻으셨나 보죠?"

나는 대답 대신 웃기만 했다.

"저도 그림을 좋아합니다. 운전하지 않는 시간엔 가끔 그림을 그립니다. 그 시간이 제일 행복하지요."

나는 그 말을 듣고 그림을 번쩍 들어 보이며 물었다.

"이 작품 마음에 드세요? 어때요?"

내 그림을 평가 받고 싶었다. 그림의 소재는 옛 토담집이다. 나지막한 산 아래 허름한 기와집, 돌담 밑에 널어 놓은 빨간 햇고추와 흙으로 척척 발라 만든 옹기 굴뚝…….

기사 아저씨는 힐끔 바라보더니 제법 진지하게 대답해 온다.

"정말 정감이 가는 그림이네요. 어렸을 적에 외갓집에 갔던 생각이 납니다."

미소띤 기사 아저씨의 말을 듣는 순간, 나는 본의 아니게 자랑이 되고 말았다.

"제가 그린 것이에요."

기쁜 마음에 실토를 하자, 기사 아저씨는 "네?" 고개를 갸웃거리며 적이 놀란 표정이었다.

"나이 들면서 혼자 노는 방법을 생각했죠. 자식들에게 부담 주지 말자. 혼자 있어도 외롭지 않고 즐겁게 생활할 수 있는 일이 무엇일까? 궁리 끝에 그림을 그리게 되었는데, 너무나 좋아요. 산을 그리면서 마음은 숲속에 있고, 꽃밭을 그리면서 가슴은 꽃향기에 젖어 있으니, 이 이상 행복한 일이 어디 있겠어요."

나는 절로 신이 났다.

내 이야기를 관심있게 듣던 기사 아저씨가 또 물었다.

"작품들은 어떻게 하실 겁니까?"

"지금은 아무에게도 줄 수가 없구요. 계속 그리다 보면 칠순때 많은 그림이 준비되겠지요. 그때쯤 전시회를 열어서 나를 아껴준 분들께 한 점씩 나눠드리고 아름답게 늙고 싶어했던 이 사람을 기억해 달라고 하겠어요."

기사 아저씨는 가끔 백미러로 나를 바라보면서 연신 고개를 끄덕였다.

"참으로 행복하십니다."

잠시 후 우리집 앞에 이르렀을 때는 저녁 하늘이 물감을 풀어놓은 듯 복사빛 수채화로 아름다웠다.

황금물결 억새꽃 바다

이따금 창밖으로 내다보이는 황금빛 억새꽃 무리가 멍석을 깔아놓은 듯이 까실까실해 보였다. 아마도 관광객들의 발길에 밟힌 흔적인 듯 기념사진 촬영으로 공해를 입은 것 같았다. 더러는 줄기가 쓰러져서 보는 이들의 마음을 아프게 했다. 억새꽃 바다에서 산꿩들이 파닥이며 하늘을 오르고 있었다. 포물선을 그어대는 산꿩들의 비상이 가을의 운치를 더해 주고, 불룩한 배를 내밀어주는 듯한 허공이 사랑스러워 보이기도 했다.

황금물결 억새꽃 바다

제주도의 가을 하늘 아래 황금물결 억새꽃 바다가 출렁이고 있다.

억새꽃 바다는 바람이 불면 파도로 춤추는 듯한 황갈색 꽃 물살이 가슴을 설레이게 한다. 청명한 제주도의 가을 한때는 먼지 하나 묻지 않는 아름다운 고장이다. 보이는 것마다 그림이요, 느껴지는 것마다 시詩요, 들리는 것마다 음악이다.

이처럼 구름 한 점 없는 제주도의 가을 하늘 아래 물결인 듯 발등에 밀려오는 황갈색 억새꽃 파도는 아름답기 이를 데 없다. 특히, 억새꽃 밭 사이의 소롯길은 가을 여행의 진미를 느끼게 하고 있다.

뿐이랴! 북제주군 비양리에 있는 민둥산의 억새꽃은 넓게 펴져 있어서 역광에 반사된 그 아름다움은 어느 꽃에도 비할 수 없는 환상적인 분위기를 자아내고 있다. 가슴까지 차오르는 민둥산의 억새밭은 단풍과는 또 다른 가을의 진수와 감동을 선사해 주고 있다. 시원하게 열린 아스팔트 길섶에 반갑다고 손짓하는 가로수들도 정겹다.

우리 일행은 모처럼 제주도 여행길에 올라 마냥 즐거워 카메라 셔터 소리에도 웃음소리가 흩날렸다. 차창으로 불어오는 바닷바람에 머릿카락을 날렸고, 내 물색 머플러는 물결처럼 펄럭거렸다.

멀리 끝없이 펼쳐 있는 시원한 쪽빛 바다는 마음을 확 트이게 하고, 어느 이국적 풍경을 자아내고 있었다. 바닷바람에 묻어 오는 미역 냄새가 심장을 깨끗이 씻어 주고, 온몸의 피가 맑디맑게 걸러지고 있었다.

쓸데 없는 비지살이 쭉쭉 빠지고 체중이 한껏 가벼워지는 듯 싶었다. 바다 저만큼 아스라이 가물거리는 빨랫줄 같은 수평선이 정겨웠다. 빨랫줄에 친정 어머니가 옥양목을 바래던 어릴 적 추억이 새삼 파도에 밀려 오기도 했다.

이따금 창밖으로 내다보이는 황금빛 억새꽃 무리가 멍석을 깔아놓은 듯이 까실까실해 보였다. 아마도 관광객들의 발길에 밟힌 흔적인듯 기념사진 촬영으로 공해를 입은 것 같았다. 더러는 줄기가 쓰러져서 보는 이들의 마음을 아프게 했다.

억새꽃 바다에서 산꿩들이 파닥이며 하늘을 오르고 있었다. 포물선을 그어대는 산꿩들의 비상이 가을의 운치를 더해 주고, 불룩한 배를 내밀어주는 듯한 허공이 사랑스러워 보이기도 했다.

제주도의 자연은 모두가 순박해 보였다. 돌담이 많아서 따뜻한 곳!

그 돌담 안에서 누렇게 익어가는 감귤이 빛나고 있었다.

제주의 하늘은 바다를 위해 있었고, 제주의 바다는 하늘을 위해 있는 것처럼 조화로웠다.

하늘과 바다, 그리고 바람! 그 바람을 막아주는 돌담! 돌담 안에서 감귤을 손질하는 여인! 이 모두가 그림처럼 아름답기만 하다.

그래서 제주도는 풍다, 석다, 여다 등 삼다도로 불려지고 있는 것이 눈에 띄었다. 또 황갈색 억새꽃 바다에는 가끔씩 갈색 말이 눈에 띄어 이채로웠다. 통통하게 살이 오르고, 윤이 자르르한 갈색 말이 풀을 뜯고 있는 모습은 한 폭의 그림이고 제주의 자랑이었다.

제주도의 밤은 날이 새도록 바람소리와 파도소리였다. 억새꽃 서걱이는 소리에 잠을 설쳤다. 뿐만 아니라, 나를 잠 못 이루게 한 것은 황갈색 억새꽃 바다에 쏟아지는 달빛이었다. 그 달빛은 나를 잠에서 일으켜 놓고, 억새꽃 서걱이는 소리에 나를 눈물짓게 했다.

제주도의 가을은 누가 뭐라 해도 억새꽃의 요람이라고 생각한다. 나는 앞으로도 오래도록 여기 이 가을의 황금물결 이는 억새꽃 바다를 마음 속에 가꾸면서 살아갈 것이다.

배추 농사에 얽힌 사연

어떤 슬픔이 이만이나 할까? 그 우중충한 배추빛은 마치 전쟁터에서 팔, 다리에 부상을 입은 패잔병들이 슬픈 바람 속에 이리저리 쓰러져 누워 있는 것 같아 진정 눈시울이 뜨거웠다. 나는 한동안 멍하니 서서 아픈 가슴을 달랬다. 가까스로 마음을 가다듬고 비닐 덮은 배추를 살펴 보았다. 다행히 그대로 싱싱하게 살아 있어서 반갑고 기뻤다. 평소에 무심히 지나쳤던 배추 한 포기가 오늘 따라 유달리 소중하게 느껴진 적이 일찍이 없었다.

배추 농사에 얽힌 사연

우리가 살고 있는 집은 합정동에 있다. 20여 년 전만 해도 '마누라 없이는 살아도 장화 없이는 못산다' 는 동네였다. 아스팔트길이 열리고 높은 건물이 들어서자 지금은 어엿한 도심의 구실을 하고 있다.

동네에서 우리 집을 가리켜 병원집이라 불리고 있다. 남편이 병원을 경영하고 있기 때문에 나도 병원 일을 도와야 할 일이 많다. 병원 안과 밖의 환경미화와 간호원 관리를 맡고 있다.

이러한 생활이 오래 지속되다 보니 조금은 답답한 마음이 들고 매일 환자와 씨름하는 남편에게 달리 기분 전환할 일거리가 있어야 할 것 같아서 고향 파주에 과수원을 장만했다. 총 3만여 평 되는 이 농장은 남향으로 병풍처럼 야산이 둘러 있고, 그 아래로 2천 평 남짓 되는 밭이 있다.

그동안 이 농장에서는 복숭아, 배, 사과, 자두, 앵두 등 과일을 재배 수확해서 친지와 이웃에게 선사도 하고 나누어 먹기도 했다.

맛있는 사과 한 알 먹기까지는 많은 수고가 따른다. 특별히 농약을 덜 사용하기 때문에 벌레 먹은 것은 일일이 따내고 한 알 한 알 정성어린 손길이 필요했다. 그렇게 10여 년이 지나고 5년 전부터는 오이,

참깨, 콩, 팥, 호박을 가꾸어 왔고, 파, 무, 배추 농사도 했다.

이 농장은 오래 전부터 팔순을 향한 고령이신 친정 외삼촌(78세)과 외숙모가 열심히 밭을 일구고 농장을 맡아 관리해 오고 있다.

나는 일요일마다 남편과 함께 농장엘 갔다. 일주일이 지날 때마다 차창 밖으로 조금씩 달라지는 바깥 풍경은 남편에게 즐거운 나들이였고, 맑은 공기를 들이마시며 함께 농장을 둘러보는 기쁨은 일주일의 피로가 말끔히 씻기기도 한다.

올 여름 일손이 부족한 이유도 있지만, 그동안 농장엘 드나들면서 정이 들어 생후 처음으로 손수 배추씨를 뿌렸다. 밭 이랑 사이사이에 작은 씨앗을 고루 뿌리고 흙을 살살 덮어가며 싹이 트길 기원했다.

일주일 후 설레이는 마음으로 농장엘 갔다.

'내가 뿌린 씨가 어떻게 되었을까?'

성급한 마음은 차창 문을 열게 되고 멀리 배추밭 쪽을 바라보았으나 아무런 기미가 보이질 않았다.

웬일일까? 궁금한 마음으로 밭이랑을 자세히 들여다보았다.

순간 '어머!' 나의 입가에 미소가 어렸다. 보일락말락 아주 작은 촉이 노랗게 보이지 않는가……. 무척 신기했다.

일주일 후엔 두 개의 파란 떡잎으로 되었고, 다시 일주일이 지나자 손바닥 만하게 자랐다. 속잎이 자꾸자꾸 들어차고 날로 소담스러워 갔다. 그렇게 되기까지는 자식처럼 돌보며 오로지 무공해 식품으로 온갖 정성을 기울인 두 노부부老夫婦의 공이라고 여긴다.

어느 일요일이었다. '가던 날이 장날이라.' 마침 농장에 도착하자 부슬부슬 모종비가 내렸다. 우리는 기다렸다는 듯이 반가운 마음에 배추밭 옆 빈 터에 배추를 솎아서 모종을 했다.

완전 무공해이기 때문에 잠시 빈터에 옮겨 심었다가 미리 뽑아서 이웃과 함께 겉절이로 입맛을 돋우려는 마음에서였다. 그러나 모종을 해 놓은 배추는 제대로 뿌리를 내리지 못하고 비실비실 땅맛을 잃어갔다. 그래서 자나 깨나 안타까운 내 마음은 한사코 농장 배추밭으로만 달렸다. 그러던 중에 TV에서 이상한파의 일기예보가 있은 다음날, 허 기사와 나는 부랴부랴 농장으로 차를 몰았다.

창고에서 넓은 비닐과 쌀포대, 그리고 간단한 덮개를 챙겨 배추밭에 다가가서 멀리, 가까이 보이는 대로 탐스런 배추를 누더기처럼 다닥다닥 덮었다. 알뜰하게 덮었지만 겨우 삼분의 2 정도 덮었고 모종 배추는 아예 푸대접을 받았다.

이 때, 나의 심정은 형용할 수 없이 착잡했다. 내가 배추를 손수 가꾸기까지는 경제적인 것을 떠나 하나의 작품으로 재미와 근면성을 가꾸는 데에 마음 둔 것이다. 과수원이나 밭농사는 몸은 고되지만 한편 애착이 가는 작업이라고 본다. 이러한 작업이 경제성이 없을 때, 농민들은 허탈감을 갖게 되고, 그래도 또 저마다의 생업이기 때문에 온 정성을 다 바친다는 것을 알게 되는 기회였다.

집으로 돌아온 나는 폭설과 매서운 한파가 계속되는 이삼 일 동안 비닐을 씌우지 못한 일부 배추가 걱정이 되어서 잠을 이루지 못했다. 드디어 기승을 부리던 추위가 물러서자 조마조마했던 나는 허 기사와 함께 농장으로 갔다. 아니나 다를까, 배추밭 근처에 이르자 나는 온몸이 저려왔다.

어떤 슬픔이 이만이나 할까?

그 우중충한 배추빛은 마치 전쟁터에서 팔, 다리에 부상을 입은 패잔병들이 슬픈 바람 속에 이리저리 쓰러져 누워 있는 것 같아 진정 눈시울이 뜨거웠다. 나는 한동안 멍하니 서서 아픈 가슴을 달랬다.

가까스로 마음을 가다듬고 비닐 덮은 배추를 살펴 보았다. 다행히 그대로 싱싱하게 살아 있어서 반갑고 기뻤다. 평소에 무심히 지나쳤던 배추 한 포기가 오늘 따라 유달리 소중하게 느껴진 적이 일찍이 없었다. TV 뉴스에 의하면 금년에는 배추농사의 과잉 생산으로 배추밭 현지에서 싱싱한 배추 그대로 갈아 엎는다는 소식을 들었을 때, 배추를 가꾼 농민들의 심정을 생각하니 가슴이 아프다.

얼마나 땀 흘린 노작인데, 얼마나 기대를 건 생업인데, 감히 누가 그 아픔을 헤아릴 것인가?

일주일 후, 나는 더 큰 추위가 오기 전에 서둘러 배추를 뽑아서 갖은 양념으로 김장을 했다. 한편 상처 입은 몰골 사나운 배추는 차마 뽑지를 못하고 그대로 두었다. 행여라도 날씨가 풀려서 따뜻한 햇볕이 내려와 사랑의 입김으로 다시 살아날 수 있었으면 하는 안타까운 마음에서이다.

오늘은 12월 첫 주말이다. 아직도 우리 농장에서 신음하고 있을 500여 포기의 배추를 생각하니 가슴이 아프다.

소방관 생명수당 2만 원

시장 바구니도 채울 수 없는 2만 원을 소방관의 생명수당 2만 원과 비교를 하니 놀랍고 어처구니가 없었다. 아무리 생각해도 뭔가 한참 잘못되었다고 생각되었다. 생명을 담보로 일하는 소방관들에 대한 정부의 푸대접과 소방관에 대한 시민들의 무관심이 이번 사건으로 인하여 적나라하게 밝혀졌다. 세상이 너무나 불공평하다는 생각과 어두운 곳이 너무나 많은 것 같아 다시 한 번 놀라지 않을 수 없었다. 평소에 119 싸이렌 소리가 들리면 '어디서 또 불이 났구나' 그냥 강 건너 불구경하는 마음으로 지나쳤던 것이 오늘 따라 무척이나 미안스럽고 죄스럽기만 하였다.

소방관 생명수당 2만 원

이른 아침이다.

겨울잠에서 깨어난 새 생명의 숨소리가 들리는 듯 싶어 거실 창문을 활짝 열었다.

정원을 둘러보니 담장 옆 모과나무 가지에 연초록 새잎이 돋아나 있다. 철쭉도 마른 잎을 제치고 새싹이 돋아 있다. 대문 옆으로 지하 차고車庫 위에 있는 작은 동산의 라일락이 꽃망울과 새싹으로 제법 모양새를 갖추고 있다.

담장 아래 겨울 내내 마른 덩굴 줄기만 흔적으로 남아 죽은 줄만 알았던 더덕의 새움을 바라보며 새삼 생명의 신비함을 느끼면서 탁자 위에 신문을 펼쳐 들었다.

2001년 3월 6일에 일어난 홍제동 연립주택 화재사건으로 온통 눈물바다를 이루었다. 요즈음 TV에서도 계속 화재현장을 보고 가슴이 아팠다.

오전 8시, 거실에서 TV를 켰다. 마침 서울시청 뒷마당에서 순직 소방관 영결식이 진행되고 있었다. 합동영결식에서 박상옥 소방관의 부인 김신옥 씨가 갓난아기 딸을 안고 오열하는 모습을 보고, 나는 눈물이 쏟아졌다.

동아일보에서 읽은 기사도 나를 울렸다. 순직한 김기석 씨가 남겨놓은 '내 목숨 던지는 성직聖職에 만족' 이라는 글을 보았다.

"사람의 목숨을 살리기 위해 내 한 목숨 선선하게 내던질 수 있다는 것, 나는 이것도 하나의 성직聖職으로 여긴다네…."

화재현장에서 순직한 김기석 소방관(43)의 남다른 사명감과 자신의 죽음을 예감한 듯한 내용이다.

이 얼마나 훌륭한 정신인가. 합동분향소가 설치된 서울시청 서소문별관에는 이른 새벽부터 소방서 동료 직원과 일반 시민의 조문이 줄을 이었다.

6명의 희생자를 낸 서울 서부소방서 홈페이지를 비롯하여 곳곳에서 이들의 죽음을 애도하였다. 김대중 대통령께서도 친히 분향소를 방문하여 조의를 표하는 화보와 기사를 읽고 가슴이 벅차 올랐다.

뿐만 아니라 박준우 소방관 시신을 세브란스 병원에 기증하겠다는 유가족의 거룩한 정신이 다시 한 번 시청자와 신문 독자들의 눈시울을 뜨겁게 하였다.

그들은 불이 나면 뛰어간다. 아무것도 생각하지 않고 쏜살같이 119차에 오른다. 그리고 겁없이 불 속을 뛰어든다. 오직 생명을 구하려는 일념에서이다.

"동료들을 너무 많이 잃어서 죄스럽다."

"석찬아! 잘 가…. 거기서는 절대로 하지 마…. 굶어 죽어도 하지 마…."

애통하는 동료들의 모습이 TV 화면에서 떠날 줄을 몰랐다.

살신殺身 소방관의 영전에 머리 숙여 묵념을 올리며 명복을 비는 마음은 나뿐만이 아니라 온 국민의 한결같은 심정일 것이다.

그런데 이번 화재사건으로 인하여 너무도 충격적인 문제점을 알게 되었다.

'소방관 생명수당 2만 원' 이라는 내용이 매스컴에서 온 천하에 알려져서 시청자와 독자들을 크게 놀라게 하였다.

TV에 자막이 나오고, 아나운서도 목이 메어 말을 잇지 못했다. 어쩌면 그럴 수가 있을까. 그토록 고생하고 몸 바치는 희생적인 소방관의 생명수당이 고작 2만 원이라니, 이는 청천벽력이 아닐 수 없었다.

나는 며칠 전에 찬거리를 사러 골목길에 나갔다. 철이 빠르긴 하지만 맛보기로 참외 큰 것 두 개를 7천 원을 주고 샀다. 그밖에 열무 두 단, 얼가리 한 단, 감자, 양파, 갓 두 단, 매운 고추 등을 2만 원을 주고 사왔다. 그 2만 원은 닷새 간의 찬거리도 못되는 단위다.

시장 바구니도 채울 수 없는 2만 원을 소방관의 생명수당 2만 원과 비교를 하니 놀랍고 어처구니가 없었다. 아무리 생각해도 뭔가 한참 잘못되었다고 생각되었다.

생명을 담보로 일하는 소방관들에 대한 정부의 푸대접과 소방관에 대한 시민들의 무관심이 이번 사건으로 인하여 적나라하게 밝혀졌다.

세상이 너무나 불공평하다는 생각과 어두운 곳이 너무나 많은 것 같아 다시 한 번 놀라지 않을 수 없었다. 평소에 119 싸이렌 소리가 들리면 '어디서 또 불이 났구나' 그냥 강 건너 불 구경하는 마음으로 지나쳤던 것이 오늘 따라 무척이나 미안스럽고 죄스럽기만 하였다.

이번 기회에 정부에서도 소방관의 생명수당이 개선된다는 소식은 들었지만 우리들의 인식도 바뀌야 할 때가 왔다고 생각한다.

2부

⋮

산
연꽃 바람 부는 날은
고향 가는 길
찔레꽃
설중매의 진향 향기처럼

⋮

산

산은 멀리서 보아야 잘 보인다. 산 속에서는 산이 잘 안 보인다. 산 속에 들어서면 달디단 산 냄새가 심장 속을 닦아내 준다. 싱그러운 산 냄새에 탁한 내 피가 일시에 맑아짐을 느낀다. 이마에 스치는 산바람의 감촉은 신선하다. 온갖 나무들이 자유자재로 자라고 있음을 볼 때, 아귀다툼하는 도시인들의 삶의 모습이 한심스럽기만 하다. 야생초가 무성하게 자라는 그 자유와 온갖 야생화의 향기로운 꽃내음은 얼마나 황홀한가. 산은 말로 다 헤아릴 수 없는 식물을 어버이의 품속처럼 기르고 있다. 햇빛이 쏟아지면 그늘로 가려 주고, 선선한 바람이 필요하면 산바람을 불게 하고, 그 품안은 모성애처럼 따뜻함을 느낄 수 있어서 좋다.

산

산은 높을수록 인자하다.

하늘을 머리에 이고 사니 더욱 어질기 마련이다. 그 가슴 속에 흐르는 순교자적 사상은 속된 우리 인간들이 교훈으로 삼아야 한다.

나는 산만 생각하면 마음 속 속기俗氣가 스르르 녹아내림을 느낀다. 산 앞에 다가서면 마음의 옷자락이 단정히 여며지고, 근검한 생각으로 가득 찬다. 나는 가끔 산을 찾아 나서기도 한다.

산행은 즐겁다. 우선 온갖 시름과 걱정은 일단 접어두고, 산만 생각하면서 산 속의 상큼한 맑은 공기를 실컷 들이키려는 생각으로 기분이 상쾌해진다.

멀리서 바라보는 산은 천하에 미인이다. 그 산색이 얼마나 아름다운가. 가까운 산 빛은 녹색, 그 다음 산은 쪽빛, 그 다음 산은 남빛, 그 다음 산은 물빛, 그 다음 산은 하늘빛으로 아름답지 않은가. 이럴 때 색에 대한 무식이 부끄럽다.

나는 멀리서 높은 산 빛을 바라보는 마음이 즐겁다.

산은 멀리서 보아야 잘 보인다. 산 속에서는 산이 잘 안 보인다. 산 속에 들어서면 달디단 산 냄새가 심장 속을 닦아내 준다. 싱그러운 산

냄새에 탁한 내 피가 일시에 맑아짐을 느낀다.

이마에 스치는 산바람의 감촉은 신선하다. 온갖 나무들이 자유자재로 자라고 있음을 볼 때, 아귀다툼하는 도시인들의 삶의 모습이 한심스럽기만 하다.

야생초가 무성하게 자라는 그 자유와 온갖 야생화의 향기로운 꽃내음은 얼마나 황홀한가.

산은 말로 다 헤아릴 수 없는 식물을 어버이의 품속처럼 기르고 있다. 햇빛이 쏟아지면 그늘로 가려 주고, 선선한 바람이 필요하면 산바람을 불게 하고, 그 품안은 모성애처럼 따뜻함을 느낄 수 있어서 좋다.

그 외에도 새와 산짐승들을 길러 내고 있다. 산새와 산짐승들에게 먹이를 주고, 삶의 터전을 마련해 주는 협동정신은 우리 인간들이 본받아야 할 것이다.

비가 오면 빗물을 가슴에 품었다가 지하수로 흘려 샛강을 이루다가 강물로 흐르게 하고 있다.

산은 이처럼 눈에 보이지 않게 많은 자비심을 베풀고 있다. 그 자비

심이 너무나 아름다워서 사람들은 산을 가리켜 군자로 존경하는 것이다.

산과 하늘의 어울림은 절경을 낳게 한다. 많은 시인, 작가들이 모여들어 명작을 낳고, 많은 화가, 묵객들이 모여들어 그림을 그리는 것은 또 얼마나 행복한 일인가. 그밖에 사진작가들도 끊임없이 산을 찾고 있다.

산은 이처럼 우리 인간들에게 고마움을 주고 있다. 그러면서도 아무런 대가를 바라지 않는다.

산은 우리 인간이 도저히 따라갈 수가 없는 것이다. 털끝만큼도 흉내내기조차 어려운 경지인 것이다. 이러한 매력 때문에 나는 산에 대한 사랑을 그림으로 나타내려고 끊임없이 노력하고 있다. 하지만 나는 필력이 모자라서 산에 대한 그림이 산 옆에도 가기 힘든 지경이다.

그러나 어쩌랴! 산에 대한 존경심과 흠모하는 태도로 산에 대한 그림을 열심히 그리고 있는 처지인 것을…….

저 높은 곳을 향하여 나의 꿈을 펼치듯 산을 그리면서 내 마음에 산심을 담아본다. 내 몸으로 산 냄새를 풍겨 보는 경지에 이르기를 소원해 보며 행복을 느끼고 있다.

산은 평소에 나를 가르치고, 인도하고 있다. 산은 인간에게 한 번도 배신을 할 줄 모른다.

인간은 산에 대한 배신을 얼마나 많이 하는가. 온갖 탐욕에서 죄 없고 그 어진 산을 마구 허물고 무너뜨려 파괴하고, 죽이고 있다.

인간들은 산을 죽이고 돌아서서 산에게서 죽음을 당하기가 일쑤인 것이다. 생태철학적인 견지에서 볼 때 다 같은 생명을 가진 존재인 것이다. 사람만 생명을 가진 것이 아니라 산도 생명을 갖고 있는 것이다.

인간이 산을 보호하고 자연을 사랑할 때, 산은 인간에게 쾌적한 삶의 터전을 제공하여 준다.

이러한 상생의 원리와 환경 친화적인 삶의 터전에서만이 인간은 행복을 누릴 수 있는 것이다.

도시생활을 하는 현대인들은 산에 대한 고마움을 잊고 살기 쉽다. 그러나 지구상에 산이 없다면 얼마나 삭막할 것인가. 우리는 한 번쯤 생각하면서 살아야 한다고 생각한다.

산을 사랑하고 산처럼 죄 없이 사는 삶의 지혜를 배워야 하리라고 여겨진다.

오늘 따라 저 높은 산이 새삼스럽게 아름답다. 또한 마음이 산에 대한 그리움으로 가슴 벅차 오고 있다.

내 우중충한 마음을 활짝 열고 저 높은 산의 운치를 캔버스에 한 자락 흐르게 하고 싶다.

나는 복잡한 도시에서 살면서 항상 드높은 산을 픔고 살고 있다. 오늘도 산 같은 생각에서 산에 대한 기도를 하고 있다.

연꽃 바람 부는 날은

해마다 여름이면 연꽃으로 뒤덮여서 지맥 흐름의 기운을 완전히 막아주게 된다는 풍수지리설이 더욱 재미나게 하고 있다. 덕진 연지는 전주 8경 중의 하나로 그 규모가 큰 편이다. 공원 4만 5천 평 중 1만 3천 평 정도가 연꽃 저수지로 되어 있다. 연꽃 방죽 중앙에는 아치형 현수교가 있어서 산책을 즐기기에도 좋다. 최근에는 취향정 옆에 5백여 석을 갖춘 야외공연장도 마련되어서 유락지로 유명해졌다. 공원 안에는 신석정, 김해강, 이철균 등의 시비가 세워져 있고, 전봉준 장군 동상 등 9개의 석조기념물이 조성되어 있다. 전주 시민은 물론이요, 외지에서 찾아오는 관광객들이 많이 찾아오는 명소로 되어 있다.

연꽃 바람 부는 날은

내가 교직敎職에 있을 때, 우리 집은 전주 경기전 근처였다.

창문에 장미빛 아침 햇살이 비쳐 올 무렵이면, 나는 곧잘 눈을 뜨곤 했다. 그 때만 해도 전주는 자동차 소음도 들리지 않는 조용한 시골 같은 도시였다.

산들바람이 이는 날, 경기전 숲속에서 일렁이는 싱그러운 공기가 나를 상쾌하게 해 주었던 환경이 지금도 생생하게 떠오르곤 한다.

연꽃 계절 7월이 오고, 북풍이 불어올 때면, 가슴이 두근거리고 덕진 연못을 스쳐 온 은은한 연꽃 향기가 언제나 나를 설레게 했다.

그 시절 덕진 연꽃 향기가 전주 시내까지 묻어온다는 말은 거짓말 같은 사실이었다. 뿐만 아니다. 남풍南風이 불면 수십 리 떨어진 완주군 삼례읍까지 실려 간다는 것도 사실이었다. 그만큼 덕진 연못에서 피어난 연꽃 향기는 유명했고 전주의 자랑거리였다.

전주의 자랑 중의 하나인 덕진공원은 오직 연꽃방죽이 있어서 알려진 곳이다. 이곳을 떠난 사람들의 마음에 향수처럼 남아 있기도 한다.

문헌에 보면, 덕진 연지蓮池가 조성된 것은 후백제 때라고 한다.

《동국여지승람》에 의하면, 전주가 3면이 산으로 둘러싸인 분지로

북北쪽만 열려 있는 탓에 땅의 기운이 낮게 흐르고 있기 때문에 제방을 쌓아 이 흐름을 막아서 지맥이 흘러내리지 않도록 했다는 것이다.

해마다 여름이면 연꽃으로 뒤덮여서 지맥 흐름의 기운을 완전히 막아주게 된다는 풍수지리설이 더욱 재미나게 하고 있다.

덕진 연지는 전주 8경 중의 하나로 그 규모가 큰 편이다. 공원 4만 5천 평 중 1만 3천 평 정도가 연꽃 저수지로 되어 있다. 연꽃 방죽 중앙에는 아치형 현수교가 있어서 산책을 즐기기에도 좋다.

최근에는 취향정 옆에 5백여 석을 갖춘 야외공연장도 마련되어서 유락지로 유명해졌다.

공원 안에는 신석정辛夕汀, 김해강金海剛, 이철균李轍均 등의 시비가 세워져 있고, 전봉준 장군 동상 등 9개의 석조기념물이 조성되어 있다. 전주 시민은 물론이요, 외지에서 찾아오는 관광객들이 많이 찾아오는 명소로 되어 있다.

50년 전만 해도 5월 단오절이 되면, 덕진 연못가는 웃음꽃이 피었다. 물이 흐르는 계곡에서 창포물과 연뿌리를 스쳐 온 물로 머리를 감고 목욕을 하는 풍습이 장관을 이루었고, 소나무 숲 속에서는 그네뛰기 행사로 유명했었다.

그 때만 해도 덕진 연못은 두 면으로 분류되어 있었다. 한쪽에는 연꽃이 피어 연꽃 바다를 이루었고, 한쪽에서는 보트 놀이로 아름다운 풍경이 이루어져서 특히 연인들의 마음을 끌기에 충분했다.

하늘에 태양이 구름 속에 숨어들고, 끄무레한 날, 저기압으로 비가 오기 직전쯤, 덕진 쪽에서 북풍北風이 솔솔 불어오는 날이면, 은은한 연꽃 향기가 바람에 실려 내 코끝을 간지럽혔다. 이렇게 연꽃 바람 부는 날이면 문득 작고하신 김동리金東里 소설가小說家가 젊은 시절에 쓴 시詩 〈연꽃은〉이 생각나기도 한다.

연꽃은

연꽃은
나의 여인의 슬픈 눈으로
어디서나 나를 바라보며
미소짓는다

나는 언제 어디서고
외톨박이 나그네
내 찾는 그 얼굴
아무데도 없다네
나의 사랑은
나의 슬픔의 응어리
전생과 후생을 잇는
눈물로
이제 여기 피어난
한 송이 연꽃이란다.

이 시는 지금 읽어보아도, 내용과 표현이 현대 어느 젊은 시인들의 시 못지않게 명시라고 나는 생각하고 있다.

특별히 내가 이 시를 좋아하게 된 이유는 바로 이 구절이다.

"전생과 후생을 잇는/ 눈물로/ 이제 여기 피어난/ 한 송이 연꽃이란다."

이러한 시적 이미지는 불교사상이 뭉클하게 가슴을 흔들어 놓기 때문이다. 이승과 저승을 잇는 가교가 연꽃이라는 것을 알게 된 후부터 더욱 연꽃을 사랑하게 되었다.

나는 이심전심으로 기회만 있으면 연꽃을 찾았다. 특히 비 오는 날, 연잎에 떨어지는 크고 작은 은방울 소리는 아름다운 화음을 이루어 나를 즐겁게 해 주기도 한다. 그러다가 화실에서 연꽃을 그리게 되고, 김동리 소설가의 시를 떠올리곤 한다.

"나는 언제 어디서고/ 외톨박이 나그네/ 내 찾는 그 얼굴/ 아무데도 없다네"

연꽃은 누구의 얼굴인지 나를 바라보고 있지나 않을런지…….

고향 가는 길

나는 고향 가는 눈길을 가장 좋아하고 있다. 내 고향 가는 눈길은, 그림이요, 시가 있는 길이다. 어머니가 내 손을 따뜻한 입김으로 후후 불어 주시며 함께 걷던 모정의 길이요, 아버지께서 만덕산의 전설을 들려주시던 역사의 길이요, 우리 형제들이 눈싸움을 하면서 잔정이 쌓인 길이기에 나에게는 잊을 수 없는 고향길인 것이다. 그토록 좋아하던 눈 쌓인 고향길인데, 금년에는 아직 눈이 오지 않고 있다. 요즈음 겨울 날씨가 이렇게 따뜻하니까 한 편으로 걱정이 되기도 한다. 옛날 같으면 지금쯤 만덕산에 길길이 눈이 쌓이고, 길에도 설경으로 아름다움을 뽐낼 시기인데, 어쩐지 허전하기만한 날씨다. 인간이 자연을 파괴하는 바람에 지구의 온난화로 많은 재앙을 받게 될 앞날이 걱정되기도 한다.

고향 가는 길

고향! 하면 하얀 눈길이 떠오른다.

전북 진안 마이산자락에 이어진 내 고향은 유독 설경이 아름답다.

그뿐인가. 내 고향은 만덕산이 있어 하얗게 눈산(雪山)으로 하늘 닿아 있을 때가 가장 아름답다. 사람마다 가슴 속에 고향을 담고 살아가고 있다.

나 역시 평생을 두고, 내 고향 눈산인 만덕산을 가슴에 품고 정신적인 지주로 삼아 살아가고 있다.

만덕산은 계절 따라 미적美的 감동感動을 달리하고 있다.

봄에는 진달래 불길로 타올라서 아름답고, 여름에는 짙푸른 녹음 속에 숨어 있는 산삼山蔘의 향기가 비밀스러워서 아름답다.

가을에는 낙엽 따라 상수리가 구르는 소리의 정겨움을 나는 좋아한다. 특별히 내가 좋아하는 만덕산은, 하얀 눈 속에서, 그 큰 산이 몸을 숙이고 자중자애하는 겸손함이 나를 황홀케 하며, 눈 속 품안에 안기고 싶어지게 하는 군자君子의 모습이어서 좋다.

만덕산이 눈 속에서 설치지 않는 까닭은 아마도 산 위에 겨울 철새들이 날고 있기 때문이며, 그보다도 산골짝 후미진 구릉마다 눈 속에서 굶주린 산짐승들을 안고 있기 때문이라고 여겨진다. 이 얼마나 어진 군자의 도리인가.

나는 내 고향 만덕산의 이러한 모습을 좋아하며 또 자랑하고 싶은 것이다.

나는 고향 가는 눈길을 가장 좋아하고 있다. 내 고향 가는 눈길은, 그림이요, 시詩가 있는 길이다.

어머니가 내 손을 따뜻한 입김으로 후후 불어 주시며 함께 걷던 모정母情의 길이요, 아버지께서 만덕산의 전설을 들려주시던 역사의 길이요, 우리 형제들이 눈싸움을 하면서 잔정이 쌓인 길이기에 나에게는 잊을 수 없는 고향길인 것이다.

그토록 좋아하던 눈 쌓인 고향길인데, 금년에는 아직 눈이 오지 않고 있다. 요즈음 겨울 날씨가 이렇게 따뜻하니까 한 편으로 걱정이 되기도 한다.

옛날 같으면 지금쯤 만덕산에 길길이 눈이 쌓이고, 길에도 설경雪景으로 아름다움을 뽐낼 시기인데, 어쩐지 허전하기만한 날씨다.

인간이 자연을 파괴하는 바람에 지구의 온난화로 많은 재앙을 받게 될 앞날이 걱정되기도 한다.

금년도 벌써 12월인데, 예년에 비해 온난화 이상기후라는 소식에 지극히 염려스럽다.

12월 1일자 D신문을 보고, 지구의 온난화로 북극 얼음이 녹아내린 기사가 충격적이었다.

북극 얼음의 땅 그린랜드가 지구의 온난화 영향으로 녹고 있다고 한다. 1992년과 2002년의 위성사진을 보면, 해빙지역이 크게 확대되어 있었다.

올해 그린랜드의 빙하는 3년 전에 비해서 10배나 빨리 녹았다는 몹시 걱정이 되는 뉴스다.

이렇게 자연이 인간에게 내리는 재앙은, 인간들의 과욕으로 자연을 파괴한 자업자득이라고 볼 수 있다. 그럼에도 인간들은 하늘에서, 땅에서, 바다에서 끊임없이 자연을 파괴하고 있는 것이 안타깝기만 하다.

그러나 나는 내 가슴 속에 만덕산이 자리잡고 들어앉아 있어서 위안이 되고 무척 행복감을 느끼고 있다.

또 몇 해 전에 눈 속의 고향 가는 길을 찾아 설경 한 폭을 제작해 낸 것이 오늘의 큰 기쁨으로 남아있다. 만약에 게으름 피우고, 추운 날 핑계삼아 그림을 그리지 않았었다면, 어찌 되었을까.

금년같이 지구 온난화가 계속 된다면, 생각만 해도 끔찍한 일이 아닐 수 없다.

서투른 그림이지만, 나에겐 소중한 추억이 담긴 그림이다. 어떤 분야이든 예술의 길은 끊임없는 정열과 실천밖에 없다고 생각된다.

마음만 간직하고 실천에 옮기지 않는다면 무슨 소용이 있겠는가.

뭇 소록소록 추억과 그리움이 서려 있는 고향 가는 길의 설경을 볼 때마다 마음이 허하기만 하다. 예술은 길되 인간은 짧다는 말이 새삼 떠오르게 하는 그림이기도 하다.

나는 이 그림을 그리면서, 지난날의 역사와 인정을 눈 한 송이, 한 송이에 담았다.

지금은 부모님도 이 고향 가는 눈 길을 떠나 가셨고, 마을의 젊은이들도 모두 이농을 하여서 거의 텅텅 빈 쓸쓸한 고향으로 남아 있는 실정이다.

이러한 살풍경 속에서도, 나를 눈물나게 하는 것은, 오직 만덕산과 고향 가는 길인 것이다.

나는 앞으로 내 마음 속에 만덕산과 고향 가는 길을 가꿀 것이다.

지금도 다 떠나버린 이농의 쓸쓸한 고향 가는 길에는 산꿩이 먹이를 찾아 마을로 날아올 것을 생각하고 있다.

찔레꽃

산기슭이나 개울가에서 외롭게 핀 하얀 찔레! 담쟁이로 기어오르며 어렵게 피는 하얀 찔레꽃은 꼭 어머니를 보는 모습 같기도 하다. 뿐만 아니다. 개울가를 스쳐 온 바람이 산기슭을 타고 올라오는 찔레꽃 향기는 은은한 어머니의 젖가슴에서 풍기는 모정 같은 향기로 기억되는 꽃이다. 찔레꽃은 가난한 꽃이요, 슬픈 꽃이다. 누군가가 일부러 씨를 뿌린다든가 모종을 하여 가꾸고 기르는 꽃이 아닌 자생하는 꽃이다. 어쩌면 우리 어머니의 생애 같은 꽃이기도 하다. 나는 화려하고 값이 나가는 고급 장미보다도 찔레꽃을 사랑해 왔다. 그 이유는 내가 성장하면서 사춘기에 가장 많이 접촉한 꽃이요, 그 향기가 나에게 배어 있기 때문이다.

찔레꽃

촉촉이 비가 내리는 일요일 아침, 점심을 같이 하자는 친구 전화를 받았다.

마침 보고 싶던 차에 반가운 마음으로 달려갔다.

아파트 5층에서 창문을 통해 내려다보는 앞산 풍경이 나를 창가에서 떠나지 못하게 했다.

온통 연초록, 진초록 속에서 하얗게 피어 있는 아카시아 꽃들…….

나는 창문을 활짝 열어 젖혔다. 금세 꽃향기가 코끝에 스며 왔다.

한참 친구와 이런저런 얘기를 주고받다가, 산 아래 작은 언덕에 망울망울 하얗게 늘어진 꽃무리를 발견한 나는 친구에게 물었다.

"얘, 저기 저것은 무슨 꽃이지?"

"음, 그것도 아카시아야."

서슴치 않고 대답하는 친구를 보며 나는 고개를 저었다.

"아닌데, 좀더 자세히 봐. 분명 저 꽃은 찔레야. 분명해."

자신 있게 말했다.

그때서야 친구가 자세히 살펴보며 수긍해 온다.

"오, 그래 정말 찔레네. 우리가 시골에서 보았던 그 향기로운 찔레구나. 나는 여지껏 이곳에 살면서도 아카시아 꽃이겠지 하고 무심코 보아왔는데……."

우리는 따끈한 녹차 한 잔씩을 마시면서 생각은 고향 전주의 곤지산 밑을 흐르는 공수내에 가 있었다. 개울가 언덕 돌더미에 몸을 기대고 축축 늘어진 찔레나무엔 유별나게도 희고 향기 짙은 꽃이 피어 있었다는 걸 생각해 내고 있었다.

한벽루 아래 철길가에 피어 있던 꽃도 생각났다. 머리 땋고 교복 입고 운동화 신은 여학생들이 기찻길을 거닐며 찔레만큼이나 향기로운 꿈을 꾸었었다.

그때가 벌써 58년 전 이야기다. 그런데도 찔레꽃을 보는 지금의 마음은 그 때와 하나도 다르지 않다. 억지로라도 소녀의 꿈은 사라지지 않고 있다고 말하고 싶다.

지금도 마음은 젊디젊다고 소리치고 싶다.

찔레꽃은 어릴 적 내 가슴 속에 뿌리내린 꽃이다.

찔레꽃은 어머니를 느끼게 하는 모정의 꽃이기도 하다.

어릴 때, 초여름이면 어머니의 손을 잡고 밭에 따라가는 유일한 이유가 있었다면 찔레의 순을 꺾어먹는 재미가 있어서라고 말하겠다.

산기슭이나 개울가에서 외롭게 핀 하얀 찔레!

담쟁이로 기어오르며 어렵게 피는 하얀 찔레꽃은 꼭 어머니를 보는 모습 같기도 하다.

뿐만 아니다. 개울가를 스쳐 온 바람이 산기슭을 타고 올라오는 찔레꽃 향기는 은은한 어머니의 젖가슴에서 풍기는 모정 같은 향기로 기억되는 꽃이다.

찔레꽃은 가난한 꽃이요, 슬픈 꽃이다.

누군가가 일부러 씨를 뿌린다든가 모종을 하여 가꾸고 기르는 꽃이 아닌 자생하는 꽃이다.

어쩌면 우리 어머니의 생애 같은 꽃이기도 하다.

나는 화려하고 값이 나가는 고급 장미보다도 찔레꽃을 사랑해 왔다. 그 이유는 내가 성장하면서 사춘기에 가장 많이 접촉한 꽃이요, 그 향기가 나에게 배어 있기 때문이다.

고가高價에 요란한 향기로 이름난 꽃보다도 산골에서 순하게 자란 꽃이기에 사랑스럽다. 무엇보다 찔레꽃은 그 유래가 애잔하여 더욱 애정이 가는 꽃이기도 하다.

전설에 의하면, 옛날에 고려가 원나라의 지배를 받을 때, 당시 고려에서는 해마다 어여쁜 처녀들을 원나라에 바쳐야만 했다. 조정에서는 '결혼도감' 이란 관청을 만들어 강제로 처녀들을 뽑았다. 이렇게 강제로 뽑혀 원나라에 보내지는 처녀를 '공녀' 라 했다.

어느 산골마을에 찔레와 달래라는 두 자매가 병든 아버지와 함께 살았다. 가난한 살림에 자매는 집에만 숨어 지낼 수는 없었다. 나물도 뜯고 약초도 캐어 아버지의 약값과 살림을 도와야 했다.

그래서 밖으로 나갈 때면, 얼굴에 검댕을 바르고 누더기를 입었다. 자매는 얼굴과 몸을 누더기로 가리고 산으로 가서 한참 약초를 캐고 있는데 관원들이 나타났다.

순식간에 관원들에게 둘러싸인 찔레와 달래는 병들어 누워계신 불쌍한 아버지가 기다리니 제발 데려가지 말라고 애원해도 막무가내였다.

그 때 찔레와 달래는 눈물을 흘리면서 서로 나서서 한 사람만 가게 해달라고 애원하자, 관원들도 두 자매의 우애에 감동하여 언니 찔레만 끌고 가게 되었다.

원나라에 간 찔레는 다행히 좋은 주인을 만나서 비단 옷에 맛있는 음식을 먹고 살았지만, 동생 달래와 아버지 생각에 눈물로 세월을 보내자, 마음씨 좋은 주인이 찔레를 고향으로 보내주었다. 찔레는 10년 만에 꿈에도 그리던 고향 마을 옛집으로 달려왔다.

그러나 세 식구가 살던 오두막은 간곳없고 그 자리엔 잡초만 우거졌다. 아버지와 달래를 찾아 울부짖는 찔레의 목소리를 들은 옆집 할머니가 버선발로 맞아주었다.

이야긴즉, 찔레가 오랑캐 나라로 끌려간 뒤 아버지는 감나무에 목을 매어 죽고, 그것을 본 달래는 정신없이 밖으로 뛰쳐나간 후, 소식이 없었다는 것이다.

찔레는 그날부터 산과 들을 헤매고 다녔다. 가을을 보내고 겨울을 맞이한 찔레는 외로운 산길에 그대로 쓰러졌다. 무심한 계절은 흘러 찔레 위로 하얗게 눈이 덮였다.

봄이 되자, 찔레가 쓰러진 산길에 하얀 꽃이 피었는데 찔레의 고운 마음이 눈처럼 새하얀 꽃이 되었다는 전설!

그래서 더욱 향기가 은은한지도 모른다.

슬픈 전설을 안고 있는 찔레꽃을 자세히 살펴보면, 촌스럽다. 산기슭이나 개울가에 숨어서 피어 있는 모습이 어찌 그리도 시골 내 친구들 같은 느낌이 드는지…….

꽃이 품고 있는 자매의 우애를 생각해도 찔레꽃은 분명히 시골 꽃이다. 시골 내 친구들 같은 꽃이다. 농사일을 맡아보시는 내 어머니 같은 꽃이기도 하다.

그럼에도 몸에서 풍기는 향기가 사치스럽지가 않다. 일부러 돈들여서 멋을 내는 고급 향수가 아니라 스스로 은은하게 풍기는 순수한 향기다.

독하다든가 역겹다든가 하는 것은 더더욱 아니다. 산기슭이나 개울가에서 청순하게 피는 하얀 시골 꽃 찔레는 그래서 내가 가장 좋아하는 꽃이요 향기이다.

향기가 있다는 건 멋스럽다. 길을 가다가 스쳐 지나간 낯모르는 사람에게서 나는 향기도, 사람에 따라 진한 향수냄새가 풍겨오면 어쩐지 천박하게 여겨진다.

그것은 나의 개성이며 알레르기성인지도 모른다.

그 때마다 마음 속 깊이 느껴지는 것이 찔레꽃 향기 때문이 아닌가 생각된다. 따라서 진한 향수 냄새를 풍기는 사람을 나는 좋아하지 않는다.

찔레꽃 향기는 어머니의 체취요, 내 시골 친구들의 체취다. 찔레꽃은 나의 모정이요, 우정의 꽃이다.

설중매의 진한 향기처럼

이날, 천자문을 받아든 친구들이 한 마디씩 거들었다.

"화장실에 붙여놓고 눈 익히기, 싱크대에 붙여놓고 외우기, 핸드백에 넣고 다니면서 전철이나 버스 속에서 살며시 꺼내보기, 손녀 한문 지도하기, 오늘이 첫째 월요일인데, 동창회에 안 나가오? 좋은 모임을 갖고 있는 당신이 부럽소……."

이렇듯 새로운 리듬으로 살아가는 우리는 마냥 행복하기만 하다. 나는 우리 모임이 나날로 설중매의 진한 향기를 내품는 '경쟁'과 '공존'의 모임체로 발전해 가는 사실이 얼마나 기쁜지 모른다. 이 기분을 어느 누가 짐작이나 하겠는가?

설중매의 진한 향기처럼

不是一番寒撤骨불시일번한철골　한 번 추위가 뼛속까지 스미지 않고는
爭得梅花撲鼻香쟁득매화복비향　어찌 진한 매화의 향기를 얻으리.

고승 황벽선사의 당시唐詩 한 구절이 생각난다.

나는 교직생활을 마치고 주부생활을 한 지도 어언 수 삼년이 흘렀다.

정신이 무디어짐은 물론, 육체도 체중만 불어나고 있는 현실이 두려워졌다. 한 그루 나무 같은 내 육체에서는 정신이 매화처럼 진한 향기를 내품을 수 있을 리가 없었다.

나날을 두고 고심 중에 있던 어느날 EBS에서 '사냥꾼의 세계' 동물 생태계 조명을 보게 되었다.

물총새가 사냥한 물고기를 삼키고 있는 장면이었다.

EBS 특집 자연 다큐멘터리 '사냥꾼의 세계' 에서 기발한 사냥법으로 육식동물의 세계를 조명하는 장면에서 충격을 받게 되었다.

나 같은 가정주부 생활이 너무나 무의미한 것 같았다. 그 세계는 '경쟁' 속에 '공존' 이 있었다.

강에서 폭격기처럼 물고기를 낚아채 솟구치는 물수리는 잠수할 수 없기 때문에 물고기가 수면 위로 떠오를 때까지 무한정 기다려야 하는 그 인내심에 새삼 놀랐다. 물고기가 보이면 먹이를 덮쳤다. 물고기를 문 채 강한 날갯짓으로 수백 미터 수직 상승하는 모습에서 배움이 많았다.

물총새는 물고기와 0.002초의 시간 싸움을 펼친다는 것이다.

물총새는 완벽한 슈팅 찬스를 기다리기 위해서 공중 비행하는 동안 1초에 8번 날갯짓을 한다는 것이다. 거기에 비하여 인간은 얼마나 나약한지 새삼스럽게 느끼기도 했다.

나는 이날 이후, 권태로운 안주의 생활에서 물총새의 비상을 배우기로 마음 먹고 사범학교 동창생들에게 전화를 걸었다.

다시 모임을 갖자는 말로 시작했다.

20여 명이 모였다. 모두 그리운 얼굴들이었다.

가정주부들의 만남이 대개 그러하듯이 12시에 점심 먹고, 차 마시고, 수학 공식처럼 이어지는 남편 소식, 자녀 이야기, 가구자랑, 소장품 소개 등으로 얼마동안 시간을 소비하고 나면 헤어져야 했다.

텅 빈 마음으로 허전하기 그지 없었다.

그래서 문득 떠오르는 것이 '경쟁' 속에 '공존' 이었다.

그동안 우리들의 모임은 단순한 '공존' 밖에 아무것도 아니었다.

'공존' 속에서 '경쟁' 을 찾기로 했다.

나는 주제 있는 모임을 찾다가 한자漢字 공부를 시작하는 것이 어떨까 싶었다.

요즈음 중·고교생들은 물론, 대학생들조차도 신문을 해독하기 어려운 실정이다. 대학을 졸업한 후, 직장생활에서도 한자漢字 해독이 어려운 상황이라는 것이다. 하물며, 아무리 잘 알았던 한자라 하더라도 칠순인데, 이제 기억력도 흐려지고 거의 잊어가고 있지 않은가.

나는 모임 첫날 미리 천자문 한 페이지를 25매쯤 복사를 했다.

점심 후, 커피를 마시면서 준비한 천자문千字文을 한 장씩 나눠줬다.

"웬 천자문?"

친구들은 한 장씩 받아 든 천자문을 들여다보면서 누가 먼저랄 것도 없이 한 목소리로 하늘천 따지를 소리내어 읽다가 웃음을 터뜨렸다.

우리는 모두의 의견일치로 한 달에 한 번 모임을 갖기로 했다.

매월 첫째 월요일 1시, 교통 편의상 지하철 2호선 서울시청 근처 북창동 중앙회관으로 정했다.

두 번째 모임이 있던 날이었다.

식사 후에 커피를 마시면서 준비해 간 천자문 2페이지를 내놓지 않고 시치미를 딱 떼고 있었다.

옆에 있던 친구가 마침 궁금하다는 듯 물어온다.

"참! 오늘은 공부할 것 안 가져 왔어?"

나는 무척 반가웠다. 내 뜻이 좋은 호응을 얻었다는 점과 계획이 자연스럽게 통과된 것으로 여겨져서 기뻤다.

"왜 안 가져와……."

친구가 집에 가서 남편에게 우리 모임 소식을 전했더니, 남편이 더 좋아하고 칭찬 받았다는 이야기였다.

꽃놀이에 한창인 봄이 왔다.

천자문 5페이지를 복사하려고 단골 문방구점에 들렀다.

"무슨 모임인데, 천자문을 복사하십니까?"

주인이 빙긋이 웃었다.

"동창생 모임인데, 녹슨 머릿속도 닦아내고, 다시 배우는 학생으로 돌아갈려고요. 현대사회는 평생교육 아닙니까?"

"참, 좋은 모임이군요. 부럽습니다."

나는 은연중 벽에 걸려 있는 거울에 내 얼굴을 슬쩍 비쳐 보았다. 그리고 빙긋이 미소를 흘려보았다. 금세 눈가에 주름살이 줄어든 것 같았다.

이날, 천자문을 받아든 친구들이 한 마디씩 거들었다.

"화장실에 붙여놓고 눈 익히기, 싱크대에 붙여놓고 외우기, 핸드백에 넣고 다니면서 전철이나 버스 속에서 살며시 꺼내보기, 손녀 한문 지도하기, 오늘이 첫째 월요일인데, 동창회에 안 나가오? 좋은 모임을 갖고 있는 당신이 부럽소……."

이렇듯 새로운 리듬으로 살아가는 우리는 마냥 행복하기만 하다.

나는 우리 모임이 나날로 설중매의 진한 향기를 내품는 '경쟁'과 '공존'의 모임체로 발전해 가는 사실이 얼마나 기쁜지 모른다. 이 기분을 어느 누가 짐작이나 하겠는가?

오늘은 벌써 22페이지를 복사하는 날이다.

"시험 안 봐?"

"봐야지……."

"상품도 있겠네?"

"당근이지……."

우리들의 모임은 날이 갈수록 즐거웠다.

앞으로 2~3개월 후엔 '고사성어'로 들어간다는 예고에 모두 손뼉을 치며 기뻐했다. 우리는 여생을 설중매의 진한 향기처럼 살아가기로 굳게 약속했다.

3부

산꿩이 날던 대밭

나는 그 때 놀라기는 하였지만, 산꿩이 날아가는 바람에 하얀 눈이 쌓인 대나무의 아름다운 설경이 한꺼번에 무너져서 너무나 아까우면서도 한편으로는 감동적인 희열을 느끼기도 하였다. 대나무 가지가 휘어지도록 덮여 있던 눈들이 산꿩의 나래짓으로 하얀 눈가루가 부서져 날리는 광경이 그렇게도 아름다울 수가 없었다. 또 내 어릴 때 기억으로 눈이 오는 날이면, 대밭에서 유난히 새들이 지저귀고, 이리 저리 가지 끝을 넘나들었다. 그럴 때면 으레 우리 집 강아지 두 마리도 덩달아 기뻐 날뛰며 뒹굴고 야단법석을 떨었다. 외할머니께서는 더 깊은 산골 이야기를 해 주셨다. 삼동의 추위가 지속되는 동안에는 산짐승이나 산꿩, 산비둘기가 민가로 내려와 대밭에서 겨울을 보낸다는 말씀이 더욱 흥미로웠다.

산꿩이 날던 대밭(竹林)

내가 철들기 전 외갓집에서 있었던 일이다.

아침 일찍 일어나 세수를 하려고 우물가로 간 나는 시골의 삼동三冬 추위에 오들오들 떨었다. 우물가를 에두른 대밭은 온통 하얀 눈으로 덮여 눈꽃(雪花)이 만발하였다.

그 때 느닷없이 대밭 눈 속에서 푸드득 소리가 났다.

깜짝 놀란 나는 외할머니에게로 달려가서 이야기를 했다.

외할머니께서는 놀란 내 표정을 살피더니, "산꿩이겠지. 산꿩이 눈 속에서 배가 고프고 추워서 민가로 내려와 대나무 숲 속에서 밤을 지낸단다" 고 했다.

나는 그 때 놀라기는 하였지만, 산꿩이 날아가는 바람에 하얀 눈이 쌓인 대나무의 아름다운 설경이 한꺼번에 무너져서 너무나 아까우면서도 한편으로는 감동적인 희열을 느끼기도 하였다.

대나무 가지가 휘어지도록 덮여 있던 눈들이 산꿩의 나래짓으로 하얀 눈가루가 부서져 날리는 광경이 그렇게도 아름다울 수가 없었다.

또 내 어릴 때 기억으로 눈이 오는 날이면, 대밭에서 유난히 새들이 지저귀고, 이리 저리 가지 끝을 넘나들었다. 그럴 때면 으레 우리 집

강아지 두 마리도 덩달아 기뻐 날뛰며 뒹굴고 야단법석을 떨었다.

외할머니께서는 더 깊은 산골 이야기를 해 주셨다.

삼동三冬의 추위가 지속되는 동안에는 산짐승이나 산꿩, 산비둘기가 민가로 내려와 대밭에서 겨울을 보낸다는 말씀이 더욱 흥미로웠다.

아주 옛날 왜정倭政 때에는 백두산白頭山 호랑이가 남쪽 시골까지 내려와 살고 있었다는 말은 겁이 나면서도 흥미진진했다. 그 시절에는 호랑이가 겨울에 배가 고프면 민가에 내려와 대밭 숲 속에서 밤을 보내고, 이른 새벽에 먹이를 찾아 나선다는 것이다.

또 옛말에 의하면 '죽림출처竹林出虎' 라는 말이 있었다고 한다.

아침에 먼동 틀 무렵이면 호랑이가 대밭에서 기어 나와 먹이를 사냥하러 나선다고 했다. 그 때 호랑이는 마음 속으로 "이쁜 큰애기나, 살찐 암캐나……" 하면서 두리번두리번 마을을 어슬렁거리다가 해질 무렵이 되면, "쥐나 개나, 쥐나 개나……" 하면서 사냥감을 노리고 다닌다는 말씀도 해 주셨다.

나는 그 때 외할머니한테서 들은 이야기가 지금도 유행하고 있음을 알고 있다.

이 말은 이쁜 큰애기나 살찐 암캐가 살이 연하고 고기 맛이 제일 좋다는 뜻이다. 그 다음에 때를 넘기고 시간이 다 지나도록 먹이가 잡히지 않으면 배가 고파서 쥐라도 잡아먹어야 밤을 지낸다는 뜻을 알게 된 것이다.

그러니까 옛날에는 호랑이가 사람을 잡아먹었다는 이야기다. 또 그 시절에는 산중에서 중들이 시주를 위해 민가民家에 돌아다니다가 예쁜 여식아이의 관상을 보면, 그 아이의 부모에게 다가가서 "당신네 아이의 관상은 호식虎食이 들었으니 미리 공을 들이라" 는 말을 남겨놓고 훌쩍 떠난다는 것이다. 나는 너무나 믿기 어려운 말에 깜짝 놀라 손에 땀을 쥐기도 했다.

어느 부모가 자기의 귀여운 딸을 호식虎食으로 보낼 사람이 있겠는가.

아이의 부모父母는 그 중의 뒤를 따라다니며 많은 불공을 드리면서 호식虎食을 면하게 해달라고 매달린다는 것이다.

나는 그 말을 듣고부터는 마을이나 우물을 둘러싸고 있는 대밭이 무서워졌다.

그러나 시대의 변천에 이 무서운 대밭은 지금은 아늑한 삶의 보금자리로 변해졌다는 사실이다.

우리나라 대전大田권 이남에는 기후가 온난하여 마을마다 대나무가 무성하게 자라고 있는 실정이다.

시골 부잣집이 있는 마을에 가 보면 대개 남쪽을 향한 분지로 되어 있다.

좌우左右 뒤로는 산이 둘러 있고, 마루와 정원은 남쪽으로 향해서 하루 종일 햇살이 집안에 가득하기 마련이다. 게다가 집 뒤로는 의례 왕대밭이 병풍처럼 둘러싸여 아늑하기 그지없고, 좌우로는 시나대가 있어서 여름에는 시원한 대바람소리로 더위를 보내며 행복하게 사는 터전이 곧 대밭을 상징하는 것으로 되어 있다.

왕대밭은 죽세공竹細工으로 큰 재산이 되고, 시나대밭 또한 담뱃대를 비롯해서 여러 가지 시골 소득으로 자리를 잡고 있지 않은가.

특히 요즈음 죽순은 고급 요리로 소득을 높이고 있다.

나는 지금도 그 어릴 때의 기억이 생생하지만 나이가 들면서부터는

대밭에 대한 인식이 많이 바뀌었다

대나무는 사군자四君子에 들어 있는 귀한 존재로 사랑받고 있다.

대나무는 계절이 바뀔 때마다 그 정취가 변화무쌍하고, 날씨의 변화에 따라서도 갖가지의 멋을 자아낸다. 특히 남도쪽 사람들이라든가, 묵화墨畵를 치는 화가들에게는 더 없는 애정을 갖게 하고 있다.

우선 그 기후에 따라서 변화무쌍한 정취야 말할 것도 없지만, '송죽매松竹梅' 삼우三友라는 지조로운 품격을 사랑하지 않을 수 없다.

소나무는 겨울에도 푸르른 지조를 상징하고 있고, 대나무는 절개를 상징하는 존경스러움까지 느끼게 하는 존재로 여겨져 오고 있다. 그 밖에 매화梅花는 말할 것도 없이 눈 속에서 꽃이 핀다는 강렬하고도 위대한 힘을 느끼게 하고 있다.

나는 대나무만 보면 내 외갓집이 생각나고 따뜻한 남쪽 나라의 인정人情이 떠오른다.

나는 지금도 대나무처럼 곧게 살고 싶은 생각엔 변함이 없다.

나는 지금도 내 가슴 속에 청청하게 대나무를 가꾸고 있다.

수채화를 그리며

오늘처럼 화창한 봄날, 4월의 하늘이 실크 머플러처럼 부드러운 날, 얼어붙었던 물이 맑게 흐르고 새들의 노랫소리가 내 가슴을 설레게 할 때, 나는 그 아름다운 자연의 환경에 빠져든다. 이러한 환경 친화적인 삶의 정서가 나를 지배하고 있기 때문이다. 맑은 하늘 아래, 산수유 꽃이 아름답게 피어 있는 호반에 앉아 있으면 계절의 유혹에 흠뻑 빠져 들게 된다. 이럴 때 유화는 붓끝이 머뭇거리고 잘 돌아가지를 않는다. 그럴 때는 두 말할 필요도 없이 수채화의 영상이 마음을 사로잡는다. 한적한 호반에 자리를 잡고 맑은 물을 떠다 놓고, 물감을 풀어 붓끝을 움직일 때, 그것이 수채화가 가져다주는 기쁨이 될 것이다.

수채화水彩畵를 그리며

화사한 봄기운이 감돌면 수채화를 그리고 싶어진다.

호숫가나 개울가에 이젤easel을 세워놓고 봄 향기를 맡으며 새 생명을 잉태하는 자연의 모습을 바라보면서 소재를 설정한다.

그리고 물감을 풀어 한 점 한 점 화판 가득 봄을 담아 가노라면 덩달아 마음도 즐거워진다.

내가 그리는 그림은 어느 법칙에서 출발하여 그 법칙에 따르는 것이 아니다. 내가 그리는 형식이 훗날 나의 독특한 형식과 파벌에 평가를 받고 싶은 것이다. 예술은 형식과 법통의 기성적 미술사의 법칙을 따르는 경우가 많을지 모른다. 그러나 내 생각은 다르다.

어제까지 있어 왔던 무슨 주의 주장이나 미술사적 법통은 낡은 박물관에 소장되어야 하는 것이라고 생각하는 것이 나의 화법의 지론이다. 기존 질서를 벗어나 새로운 예술을 창조한다는 것은 얼마나 가슴 떨리는 희열인가! 나에게는 구상, 반 추상, 추상 사이를 오가는 의식적인 행위는 없다. 오직 나의 자유로운 기법에 의하여 그것을 형상화시킨다. 소재 자체를 유화가 효과적일 것 같으면 유화를 선택하고, 수채화가 효과적일 것 같으면 수채화를 선택한다.

대상이 무거운 느낌이나 어떤 사상과 철학적인 분위기가 녹아 있으면 유화로 시작하고, 대상이 낭만적이거나 정서적이면 수채화를 선택한다. 특히 수채화를 그리는 경우는 계절의 영향을 많이 받는다.

오늘처럼 화창한 봄날, 4월의 하늘이 실크 머플러처럼 부드러운 날, 얼어붙었던 물이 맑게 흐르고 새들의 노랫소리가 내 가슴을 설레게 할 때, 나는 그 아름다운 자연의 환경에 빠져든다. 이러한 환경 친화적인 삶의 정서가 나를 지배하고 있기 때문이다.

맑은 하늘 아래, 산수유 꽃이 아름답게 피어 있는 호반에 앉아 있으면 계절의 유혹에 흠뻑 빠져 들게 된다. 이럴 때 유화는 붓끝이 머뭇거리고 잘 돌아가지를 않는다. 그럴 때는 두 말할 필요도 없이 수채화의 영상이 마음을 사로잡는다. 한적한 호반에 자리를 잡고 맑은 물을 떠다 놓고, 물감을 풀어 붓끝을 움직일 때, 그것이 수채화가 가져다주는 기쁨이 될 것이다.

그뿐인가 바람결에 멀리서 묻어오는 꽃향기에 즐거움이 더하고, 저만치 숲 속에서 들려오는 호반 새 울음 따라 나의 콧노래가 절로 나온다.

수채화는 생각하는 그림이라기보다는 노래하는 그림이라고 할 수 있을 것이다. 그렇다면 유화는 지극히 심오하고 사색적일 때 그려지는 그림이라고 말하고 싶다. 오늘 따라 그림으로 못 다한 말을 남기고 싶은 이유는 아마도 계절 탓인가 보다.

요즈음 우리 농촌에는 너무나 조용하고 쓸쓸한 환경으로 바뀐 지가 이미 오래되었다. 젊은이들이 하나 둘 모두 일자리를 찾아 도시로 떠나고, 나이 많은 이들만 남아 있는 농촌 풍경은 너무 고요하고 적막하다.

바로 이런 때 환경 친화적인 그림을 그리는 것이 화가들의 사명이라고 생각해 본다. 오늘은 특별히 수채화를 그리면서 만감이 교차되었다. 그리고 이러한 적막한 환경이 수채화의 분위기로 채색되어지고 있음을 실감케 하는 하루가 되었다.

매화축제

섬진강을 끼고 길게 펼쳐진 소나무 숲은 송림공원으로 조성되어 있었고, 공원에 들어서자 소나무로 우거진 경치며, 코에 스며드는 신선한 송진 내음이 온몸을 산림욕으로 만족시켜 주고, 신선감에 도취되어 한 순간이라도 놓칠세라 우린 솔향을 맡으려고 가슴을 활짝 펴고 심호흡을 하기도 했다. 방풍을 목적으로 소나무를 심었다는데, 지금은 주민들의 휴식 공간이요, 녹색 공간이 되었다고 한다. 우리들은 한바탕 모두 동심으로 돌아가 섬진강 모래밭을 맨발로 거닐었다. 부드러운 감촉을 만끽하면서, 발자국을 남기면서 뒤돌아보기도 했다.

매화축제

봄소식은 남녘 매화축제로 열린다. 매년 3월이면, 전남 광양시 다압면 도사리 일대는 하얀 매화로 장관을 이룬다고 한다.

1930년부터 일본에서 가져온 매화나무를 한 그루, 두 그루 심기 시작한 것이 오늘날에는 10만여 평이 넘는 매화단지를 조성하게 되었다는 것이다. 나는 TV와 신문에서 소개된 매화축제를 보면서 설레는 가슴으로 현대문화센터에서 주최하는 섬진강 매화축제 탐방에 합류하게 되었다.

경부고속도로를 달리는 버스는 대전을 지나 무주에서 새길로 들어 하동에 도착했다. 휴게소에서 잠시 커피 한 잔씩 마시고 쌍계사를 향해 달렸다. 쌍계사 가는 숲길은 공기가 너무나 청정하여 온몸에서 맑은 피가 도는 듯 상쾌한 기분이 들었다. 쌍계사 입구에서 들은 국민대학교 K교수의 일주문一柱門에 대한 역사적 설명이 홍미로웠다. 기둥 한 개로 받쳐 세운 문門, 일주문 문턱 하나 사이가 사바세계와 부처님 세계라는 생각에 마음부터 불심佛心을 느끼게 했다.

쌍계사를 한 바퀴 돌고 나니 점심시간이 되었다. 이 날 점심은 산사山寺의 정취가 그윽한 산채나물 백반으로 하였다. 맑은 물에 정갈하게 씻어 무친 무공해 나물을 먹는 동안 별미이기도 하지만 마음도 편안했다.

드디어 청매실 농장을 향해 달렸다. 섬진강변의 산기슭을 따라 형성된 마을은 매화나무로 산비탈 전체가 온통 장관을 이루었다. 그 매화나무 아래는 보리를 심어놓아 흰 매화와 푸른 청보리가 어우러져서 아주 산뜻한 색의 조화로운 분위기를 자아내고 있었다. 또 청매실 농원에는 대숲도 있었다. 원래 이 자리는 매화나무를 심기 전에는 대숲이었다고 한다. 아직도 중간 중간에 작은 대숲이 남아 있는데, 이 대숲에서 영화 〈취화선〉의 한 장면이 촬영되었다고 한다.

청매실 농원에는 매실을 소재로 한 다양한 식품을 구입할 수 있었다. 매실원액, 매실주를 비롯해서 매실고추장, 매실된장, 매실장아찌 등이 판매되고 있었다.

가난한 집으로 시집 온 한 촌부의 집념으로 일궈낸 놀라운 성공담이 전해지고 있었다.

한 여인의 힘이 온 고장 사람들의 생계生計에 큰 보탬이 되며, 생업生業이 되고 있다니 감격스러웠다. 이곳 대부분의 마을 사람들이 이 같은 식품을 생업으로 삼고, 욕심 없이 넉넉하게 살고 있는 그 의지와 꿈이 보람 있게 느껴졌다. 뿐만 아니라 본관 건물 앞에는 천여 개가 넘는 크고 작은 항아리들로 멋진 경관이 되고 있었다.

섬진강을 끼고 길게 펼쳐진 소나무 숲은 송림공원松林公園으로 조성되어 있었고, 공원에 들어서자 소나무로 우거진 경치며, 코에 스며드는 신선한 송진 내음이 온몸을 산림욕으로 만족시켜 주고, 신선감에 도취되어 한 순간이라도 놓칠세라 우린 솔향을 맡으려고 가슴을 활짝 펴고 심호흡을 하기도 했다.

방풍防風을 목적으로 소나무를 심었다는데, 지금은 주민들의 휴식 공간이요, 녹색 공간이 되었다고 한다. 우리들은 한바탕 모두 동심童心으로 돌아가 섬진강 모래밭을 맨발로 거닐었다. 부드러운 감촉을 만끽하면서, 발자국을 남기면서 뒤돌아보기도 했다.

오늘은 안면조차도 없는 사람들이지만, 함께 여행길에 오르면 금세 한 마음이 되고 즐거워진다는 것을 느끼게 되는 하루였다.

집으로 돌아오는 버스 안에서 내내 쌍클한 솔향기가 연신 코끝에 맴돌고 있었다.

할미꽃

요즈음은 할미꽃을 관상용으로 심는 사람이 많아졌다고 들었다. 자생식물이기 때문에 옮겨심기가 어려웠는데, 뿌리 관리만 잘 해 주고 햇빛만 충분히 받게 해 주면 어렵지 않게 키울 수 있다고 한다. 그러나 할미꽃은 꽃과 꽃가루에 독성이 있어서 옛날에는 아이들에게 이 꽃을 만지지 못하게 했다고 한다. 특히 뿌리는 독성이 강해서 시골 농가에서는 재래식 변기 속에 넣어 여름철 벌레가 생기는 것을 예방할 정도였다고 한다. 한방에서는 할미꽃을 '노고초 백두옹'이라 하며, 진통, 지혈, 소염 등에 다른 약재와 함께 쓴다고 한다.

할미꽃

4월 어느 날.

화실 문을 열고 들어서자, 창가 양지쪽에 할미꽃이 눈에 들어왔다.

흰털로 덮인 꽃봉오리가 할머니의 하얀 머리카락같이 보이기 때문에 할미꽃이라는 이름이 붙은 것일까?

나는 오랜만에 할미꽃을 들여다보면서, 반가움과 그리움에 가슴이 뭉클했다.

화실 선생님께서 근처 지축리 쪽 오금동산에 산책을 나갔다가 무덤가에 무더기로 자생하고 있더라면서 빙긋이 웃었다. 할미꽃을 보는 순간 내 마음이 화사해졌다. 그 화사한 마음은 이내 따뜻한 남쪽 내 고향을 향해 달려갔다.

향에 도착한 내 마음은 외갓집 뒷동산 양지 바른 잔디 위에 머물렀다. 그 곳에는 우리 외갓집 상할아버지와 상할머니의 무덤이 나란히 있다.

그 때, 그 무덤에서 미끄럼 타고 놀던 철없던 시절의 꼬부랑 할미꽃이 떠올랐다. 우리 외삼촌은 가끔 무덤 근처에 있는 키 큰 나무를 다 베어버리는 것이 일이었다. 그 때문에 뒷동산에는 볕이 잘 들어 유난히 따스했다.

"뒷동산에 할미꽃 호호백발 할미꽃/ 젊어서도 할미꽃 늙어서도 할미꽃."

내가 노래를 부르면서 할미꽃을 보고 만지려고 하면, 할머니께서 다가와 "얘, 만지지 마라, 독 있다" 하얗게 웃으면서 할미꽃에 얽힌 이야기를 들려주셨다.

"손녀의 집을 눈앞에 두고 쓰러져 죽은 할머니의 넋이 산골짜기에 핀 꽃, 그 손녀에 대한 애틋한 그리움이 가슴 아파, 꽃말은 슬픔, 추억. 할미꽃은 어느 꽃보다도 많은 양의 에너지가 필요하기 때문에 양지쪽에서 잘 자란다."

나는 이런 저런 추억을 떠올리면서 할미꽃을 화판에 옮겨 보고 싶었다.

붉은 빛을 띤 자주색으로 우리 할머니를 꼭 닮은 할미꽃을 그려볼 생각이다.

요즈음은 할미꽃을 관상용으로 심는 사람이 많아졌다고 들었다. 자생식물이기 때문에 옮겨심기가 어려웠는데, 뿌리 관리만 잘 해 주고 햇빛만 충분히 받게 해 주면 어렵지 않게 키울 수 있다고 한다.

그러나, 할미꽃은 꽃과 꽃가루에 독성이 있어서 옛날에는 아이들에게 이 꽃을 만지지 못하게 했다고 한다. 특히 뿌리는 독성이 강해서 시골 농가에서는 재래식 변기 속에 넣어 여름철 벌레가 생기는 것을 예방할 정도였다고 한다. 한방에서는 할미꽃을 '노고초老姑草 백두옹白頭翁' 이라 하며, 진통, 지혈, 소염 등에 다른 약재와 함께 쓴다고 한다.

귀하고 전설적인 이 할미꽃! 쓰임에도 다양한 할미꽃! 근래에는 꽃시장에도 자생식물을 취급하는 매장이 있다. 그 곳에 가면 지금 막 꽃대가 올라오기 시작한 분을 구입할 수 있다니 기쁜 마음이다. 나는 할미꽃을 그리면서 추억 속의 어린 시절이 새삼스럽기만 하다.

할머니의 기억은 지금도 내 정서를 지배하고 있다.

할머니는 내게 할미꽃을 가르쳐 주시면서 가문의 이야기도 들려주셨다.

할머니의 설명에는 "할미꽃은 백발白髮의 노인에 비유하고, 백두옹白頭翁을 상징한다"는 말씀을 해 주셨다.

한 집안에 나이가 많은 할머니가 계시면, 그 아래 아버지 어머니가 계시고, 형제들이 모여 하나의 가정이 형성된다는 평범한 가훈 같은 이야기가 기억에 떠올랐다.

이러한 할미꽃의 유래 앞에 현대사회가 가슴 아프게 생각되는 때가 많다.

농경사회에서 산업사회로 변했고, 지금 우리 나라는 IT 정보화 강국 사회로 진입되어 있다. 이러한 사회적 조건하에서 일어나는 핵가족 현상이 어느 면으로는 가정법통이 파괴되어 있어 안타깝게 느껴지는 때가 있다.

대가족제도는 산산이 깨지고, 가문의 질서는 여지없이 파괴되고, 윤리도덕까지 변해 가는 사회로 되어가는 것이 나에게는 불만스럽기도 하다.

오늘, 할미꽃을 보고, 할머니를 떠올리며, 모처럼 내 어릴 적 추억을 재정리하는 기회가 된 것을 기쁘게 생각하면서, 화판에 예쁜 자색 물감을 칠해 본다.

4부

⋮

⋮

따뜻한 마음

세 지붕 한 가족들의 얼굴이 바알갛게 달아올랐다. 너무도 예뻤다. 칠십 문턱에 선 할머니들의 얼굴이라고 누가 말하겠는가. 아무리 보아도 주름이 보이지 않았다. 남을 배려하는 따뜻한 마음이 주름을 모두 펴지게 했을까 하는 생각이 들기도 했다. 아니, 우리는 온기를 품고 있기 때문에 즐겁게 나이를 먹고 있는 것이 분명했다. "흐르는 세월을 가시로도 막을 수 없고, 막자고 몽둥이를 들고 사립밖에 지키고 서 있어 봤더니, 세월이 저 먼저 알고 벌써 내 머리 위에 올라와 있더라"는 고시조가 생각나기도 하며, 연륜과 함께 늘 신선한 삶을 보이면서 열심히 살아갈 것을 새삼 다짐해 보기도 했다.

따뜻한 마음

우리는 '세 지붕 한 가족' 이라 부르는 이웃사촌이다.

20여 년이 넘게 새벽에 만나서 함께 운동을 하고, 여행을 가기도 하며, 애경사에 빠짐없이 챙기는 좋은 만남이다.

재담이 넘치는 C사장님께서 우리 모임을 '굴비가족' 이라 이름 붙였다. 항상 부부가 짝지어 함께 움직이기 때문에 붙여진 이름이다.

어찌 생각해 보면, 굴비처럼 엮여 다니기 때문에 남편들이 꼼짝없이 한눈팔기가 힘들다는 것을 빗댄 말이라고나 할까? 굴비가족이라 함은 지극히 동양적이요, 향토색이 짙은 어감이라서 우리 모두가 불만 없이 기쁘게 받아들이는 애칭이다.

C사장은 모일 때마다 '웃어야 건강하다' 면서 항상 새롭고 홍겨운 주제로 우리를 즐겁게 해 주었다.

어쨌든 이런 저런 덕분에 우리는 무릎도 아프지 않고 허리도 아직은 꼿꼿하다.

지난해 12월 초, 지붕만 다른 여섯 식구가 겨울 나들이를 약속했다.

동부터미널 아침 8시 반, D매표소 앞 약속된 날을 달력에 빨강 동그라미로 크게 표시하고 어린이처럼 손꼽아 기다려지며 수시로 확인했다. 드디어 그 날이 왔다.

매표소에서 왕복 요금을 지불하고 열두 장의 승차권을 손에 들고서야 여행 시작이라는 현실감을 느꼈다.

4시간이 조금 넘게 달려간 버스가 D온천 호텔 앞에 멈췄을 때, 우린 사방을 둘러보고 주위의 경관에 놀랐다.

수십 폭의 산수화 병풍이 둘러쳐진 그 중앙에 우리가 서 있는 것이 아닌가…….

제법 쌀쌀한 날씨인데도 바람을 막아주는 산 때문인지 바람 한 점 없이 포근했다.

산채 비빔밥으로 점심을 맛있게 먹은 후 잠시 쉬었다가 지하로 내려갔다. 그곳엔 많은 사람들이 온천을 즐기고 있었다. 안내판이 눈에 띄었다.

'사냥꾼이 사냥을 하러 깊은 산속으로 사냥감을 찾아다니던 중, 목이 말라 물을 찾다가 더운 김이 나는 물웅덩이를 발견한 곳이 바로 이 온천' 이라는 역사를 알게 되었다.

우리도 잠시 시원하게 온천욕을 즐긴 후 예약된 4층 방으로 들어갔다. 더운 물에서 몸을 풀어서인지 갈증이 났다.

따끈한 커피 한 잔이 절실하던 참에, 막내아우 둘이서 쟁반을 들고 나갔다.

한참을 기다려도 오지 않기에 약간 걱정스러웠는데 그 때 발자국 소리와 함께 문소리가 들려와 반가웠다.

그런데 K아우 혼자 조심조심 쟁반을 들고 들어와서 "날씨가 차가와 커피를 다 뽑아오려면 식을 것 같아서 먼저 석 잔만 들고 왔다"고 했다.

따끈한 차를 마시게 하고 싶어서 석 잔만이라도 먼저 들고 온 아우, 1층에서 4층까지 힘들고 추웠을 텐데도 해맑은 미소를 띤 아우의 모습은 바로 천사였다.

한 모금, 또 한 모금 식지 않은 커피를 마시면서 우리는 마냥 행복했다. 나중에 들어온 아우 역시 찻잔 위를 종이로 덮어 따뜻한 차를 마시게 해 주었다. 우린 너무도 고마워 상금을 주기로 했더니 그들은 너무도 좋아했다.

두 아우는 기분이 좋아서 우리들의 무반주 노래에 맞춰 춤을 추었다.

도라지, 아리랑, 노들강변, 봄처녀……. 어렸을 적 학예회 때 꽃바구니 들고 색동저고리 입고 버선코 치켜 올리며 사뿐사뿐 춤을 추었던 가락 있는 솜씨였다.

세 지붕 한 가족들의 얼굴이 바알갛게 달아올랐다. 너무도 예뻤다. 칠십 문턱에 선 할머니들의 얼굴이라고 누가 말하겠는가. 아무리 보아도 주름이 보이지 않았다.

남을 배려하는 따뜻한 마음이 주름을 모두 펴지게 했을까 하는 생각이 들기도 했다. 아니, 우리는 온기를 품고 있기 때문에 즐겁게 나이를 먹고 있는 것이 분명했다.

"흐르는 세월을 가시로도 막을 수 없고, 막자고 몽둥이를 들고 사립밖에 지키고 서 있어 봤더니, 세월이 저 먼저 알고 벌써 내 머리 위에 올라와 있더라"는 고시조가 생각나기도 하며, 연륜과 함께 늘 신선한 삶을 보이면서 열심히 살아갈 것을 새삼 다짐해 보기도 했다.

이러한 사고 발상의 동기는 한서漢書에서 나오는 "모든 일에 옳은 것을 찾아 행하는 것" 즉, 실사구시實事求是의 철학적인 습관에서 나오는 것이 아닌가 하는 생각이 들었다.

나는 오늘 모처럼의 나들이에서, 뽑은 커피가 식을까 봐 석 잔을 먼저 들고 온 아우의 그 마음이 식지 않은 커피보다도 더 따뜻함을 느꼈다.

대둔산과 강경포구 탐방

나도 모르게 으악! 소리가 나왔다. 다리가 후들거리고 머리가 핑 도는 것 같았다. 가까스로 정신을 차리고 한 발 두 발 옮겨 보는데 역시 흔들흔들 오금이 저려 왔다. 먼저 건너간 사람들이 우리를 보면서 박장대소를 한다. 하기야 엉거주춤하고 무서워 벌벌 떠는 모습이 어찌 우습지 않으랴. 이제 두어 발만 옮기면 땅을 밟을 수 있을 것 같아서 잠깐 아래를 쳐다봤다. 순간 아찔했다. 허나 신비롭고 아름다웠다. 정상인 마천대를 중심으로 사방으로 뻗어내린 줄기마다 기암괴석 사이로 울긋불긋 단풍의 진풍경이 미치도록 화려했다.

대둔산과 강경포구 탐방

신촌 S은행 앞에 도착한 것은 이른 아침 6시 30분이었다.

약속 시간보다 30분이나 빨리 온 것이다. 그런데 버스가 보이지 않아 혹시 다른 곳에 서 있나 싶어 이리저리 돌아보았으나 출근하는 버스밖에 없었다.

7시 5분 전쯤 되었을까. K관광이라고 표시된 봉고차가 오더니, "대둔산 가시는 분이세요?"라고 묻기에 '그렇다' 고 대답했다. 뜻밖이었다. 대형 버스로만 생각했기 때문이다.

이곳에서 여섯 사람을 태우고 동대문 A호텔 앞을 지나 천호동까지 10여 분을 편승해야 큰 버스를 탈 수 있다는 말에 우리는 또 한 번 놀랐다.

시발점인 줄 알고, 자리 때문에 일찍 서둘렀는데 이게 웬 말이람…. 영등포에서 승차했더라면 바로 가는 버스가 있는데….

후회가 막심했다. 아까운 시간을 가만히 앉아서 시내를 한 바퀴 돈 셈이다.

천호동에서 큰 버스에 올랐다. 다행히 사람이 많지 않아서 중간에 좌석이 비어 있어 큰 불편 없이 앉을 수 있었다.

얼마쯤 가다가 버스 안에서 관광회사에서 준비해 온 찰밥으로 아침을 먹고, 계획된 코스를 따라 홍삼 제조 회사를 방문하고 대둔산으로 향했다.

곶감으로 유명한 고산高山을 지나 운주 쪽으로 달려 충북과 전북의 접경지에 우뚝 솟은 대둔산에 도착했다. 대둔산은 주로 암벽으로 이루어져 있어 최고봉인 마천대를 비롯하여 온갖 모양의 기암절벽이 산을 이루고 있다.

점심을 마치고 케이블카를 타고 산 중턱에 이르러, 바위 사이 사이로 놓여 있는 철사닥다리를 숨 가쁘게 오르니 몸이 오싹했다. 천야만야한 계곡 위로 구름다리가 걸쳐 있었다.

'어떻게 한담? 건널까? 말까?' 서너 차례 망설이다가 아래를 바라보지 않고 건너편 바위에 뿌리 내린 멋들어진 소나무를 바라보며 건너가는데 왼쪽으로 기우뚱 흔들렸다. 오른쪽으로 몸의 중심을 잡으니, 이젠 오른쪽으로 흔들흔들, 이때 뒤쪽과 앞쪽에서 고함 소리가 요란했다. 비명에 가깝다.

나도 모르게 으악! 소리가 나왔다. 다리가 후들거리고 머리가 핑 도는 것 같았다. 가까스로 정신을 차리고 한 발 두 발 옮겨 보는데 역시 흔들흔들 오금이 저려 왔다. 먼저 건너간 사람들이 우리를 보면서 박장대소를 한다. 하기야 엉거주춤하고 무서워 벌벌 떠는 모습이 어찌 우습지 않으랴. 이제 두어 발만 옮기면 땅을 밟을 수 있을 것 같아서 잠깐 아래를 쳐다봤다.

순간 아찔했다. 허나 신비롭고 아름다웠다. 정상인 마천대를 중심으로 사방으로 뻗어내린 줄기마다 기암괴석 사이로 울긋불긋 단풍의 진풍경이 미치도록 화려했다.

이 계곡에 어떻게 누가 이런 구름다리를 놓았단 말인가. 헬리콥터로 공사를 했을까? 볼수록 신기하기만 했다. 날카로운 바위 때문에 접근조차도 어려워 보였다.

나는 같이 간 친구와 안도의 숨을 쉬며 간신히 바위에 걸터앉았다. 겹겹이 펼쳐진 산 산, 산들을 바라보며 산줄기 따라 손가락으로 그림을 그려 봤다. 만약에 내게 날개가 있다면 훨훨 구름 속을 지나 저 산들을 모두 구경할 수 있을 것만 같았다.

오묘한 바위들에 이끼 낀 모습이라든가 절벽, 군데군데 자리잡고

서 있는 멋진 소나무들, 그리고 들꽃, 풀잎들에게 내 물감으로 옷을 입히고 싶어졌다.

이런 생각을 하고 있을 때, 다람쥐 한 마리가 바위 구멍에서 나오더니 미끄러지듯 바위 타고 내려가 무언가를 오물오물 먹는다. 그 옆 바위 위엔 까치 한 마리가 앉았다가 이리저리 고갯짓을 하더니 금세 훨훨 날아간다.

이곳 정상 마천대는 원효대사가 하늘과 맞닿은 곳이라 해서 붙여진 이름이며, 이 절경의 바위와 산에 반해서 며칠을 더 묵었다 가셨다는 설에 믿음이 갔다. 내려오는 길에 휴게소에서 생칡즙을 마셨다. 몹시 썼다. 몸에 좋다는 아저씨의 말에 우리는 한 방울도 남기지 않고 다 마셨다.

곁에서 으름을 팔고 있는 아줌마와 눈이 마주쳤다. 으름도 샀다. 모양은 근사한데 별 맛을 몰랐다. 한참 돌아다니느라 목이 말랐다. 우리는 도토리묵을 안주 삼아 막걸리를 마시며 분위기를 고조시켰다.

오후 3시 30분, 예정 시간이 되어 우리는 버스에 올라 강경으로 향했다. 길섶에 코스모스는 유난히도 아름답게 하늘거렸다. 논바닥에

누우런 벼 이삭과 코스모스의 어우러짐이 한껏 멋스러웠다. 살랑살랑 콧노래를 부르며 강경포구에 도착하니, 해풍에 밀리듯 짭조름한 내음과 함께 젓갈 시장이 눈앞에 열렸다.

새우젓, 황석어젓, 굴젓, 아가미젓, 창란젓…. 다양하게 많았다.

식구들을 생각하며 이것저것 챙기는 주부들이 무겁게 짐을 들고 버스에 올랐다.

나 역시 너무 무거워서 절절 맸다. 집에 돌아와 꾸러미를 풀고 보니, 오늘 하루의 탐방 관광이 마냥 즐겁기만 했다.

내림 반지

나는 이 모임에서 제안을 했다.

"우리 어머님께서 주신 이 진주반지를 윤씨 가문의 '내림 반지'로 정하고 윤씨 문중 32대손 석이의 아내가 될 제 며느리에게 물려주고 며느리는 또 다음 며느리에게 내려 주도록 하겠습니다."

이 말을 들은 온 가족들은 함께 즐거워하면서 박수로 환영을 했다. 나는 금비녀와 이 진주반지에 '회천정윤'이라는 윤씨 가문의 얼을 담아서 보관하기로 마음 속 굳게 다짐을 했다.

내림 반지

해마다 연말이면 마포의사회 9반 부부 모임을 갖는다. 1년에 한 번이라도 같은 길을 걷고 있는 이웃 병원 식구끼리 정을 나누자는 뜻에서 시작된 것이다.

마침 오늘이 그날이어서 우리 내외는 서둘러 준비하고 있는데 방문을 노크하는 소리가 들렸다.

7시 15분전이라서 우리는 7시 모임에 늦을까 봐 정신없을 때였다.

남편은 넥타이를 매고 있었고, 나는 입술 연지를 칠하며 화장을 마무리하고 있었다.

"네, 들어오세요," 하면서 방문쪽을 쳐다본 나는 깜짝 놀랐다.

'웬일일까? 어지간해서 며느리 방에 안 들어오시는데…….'

나는 의아하면서 마음 속으로 긴장을 했다.

"에미야, 나 좀 보자."

"앉으세요. 어머님!"

너무 바쁘기 때문에 옷을 입으면서 말했다.

그러나 어머님은 앉지를 않으시고 무엇인가를 들고 계시는 손을 앞으로 내밀까 말까 망설이고 계셨다.

순간 나는 여러 가지 생각이 머릿속을 스쳤다.

'무슨 일이실까? 요즘 우리가 어머님께 혹시 섭섭하게 해 드린 것이 있었는가? 큰일이구나! 시간은 없는데 꾸지람하신다면 얼른 일어나서 나갈 수도 없고…….'

이것 저것 생각하며 외출준비를 다 끝낸 나는 이 위기를 넘길 수 있는 좋은 방안을 강구했다. 우선 상냥하고 공손하게 말씀드리기로 하고 어머님 곁으로 다가갔다.

"어머님! 오늘 저녁 애비와 제가 모임이 있어서 나가야 되는데요. 무슨 급한 일이 있으신가요?" 했더니 그때서야 머뭇거리시던 손을 내보이시며 입을 여신다.

"이것 열어 봐. 손가락에 맞을지 모르겠지만 내딴엔 오랜 시간 고르고 고른 거다."

희다 못해 은빛에 가까운 머리카락! 지난 삶을 그림으로 그려낸 듯한 인정어린 얼굴! 창백하고 어린아이 같은 작은 손가락! 이러한 시어머님의 모습이 한꺼번에 내 눈 앞에 다가와 가슴을 뭉클하게 했다.

"어머님이 무슨 돈이 있으시다고 이런 걸 다 사셨어요? 용돈도 모자라실 텐데요…….”

입으로는 그렇게 말하면서도 어느 사이에 내 왼손가락엔 눈부신 진주반지가 끼워져 있었다. 그리고 나는 연신 손가락을 무용수처럼 예쁘게 펴 보이며 남편에게 큰 소리로 자랑하고 있었다.

“참 예쁘죠? 참 잘 고르셨죠? 이것 보세요.”

나는 콧등이 찡하도록 이처럼 기뻐해 본 적이 일찍이 없었다. 그리고 수다스럽다는 말을 들어본 적이 없는 내가 매우 수다를 떨고 있는 모습으로 느껴졌다.

올해 여든 다섯 살이신 어머님께서 며칠 후에 있을 며느리의 60회 생일 선물을 미리 준비하신 것이다.

결혼 후 처음 받아 본 선물이기도 하지만 그 선물이 진주반지라는 데에 더욱 반갑고 기쁘고 감사했다.

은빛의 우아한 광택을 지녔고, 청순 · 순결 · 여성적인 매력의 상징으로서 높이 평가받아 온 보석이라서 전부터 갖고 싶었던 반지이기도 했다.

속치마 안쪽에 헝겊을 대고 손수 꿰매 만드신 주머니 속에 꼬옥 꼭 넣어두셨던 거금을 꺼내실 때, 어머님 마음이 어떠하셨을까?

나는 너무나 감격해서 눈물이 왈칵 쏟아지는 걸 가까스로 참으면서, "어머님 감사합니다. 마음에 쏙 들어요. 잘 간직하겠습니다" 하고 어머님 손을 꼬옥 잡았다.

그날 이후, 나는 친구들 모임이 있을 때마다 습관처럼 손을 펴서 반지를 자랑했다.

그럴 때마다 모두 부러워했다. 그리고는 내 반지를 서로 돌려가며 끼어보고 저마다 시어머니 얘기들을 시작했다.

일흔 여섯 살이신데도 치매(망령)로 자손들을 애타게 한다는 얘기며, 예순이 갓 넘어서부터 중풍으로 한쪽 몸을 쓰시지 못해 지금껏 십여 년을 수발하기에 지칠대로 지쳐 있다는 며느리의 처지는 안타깝기만 했다.

그뿐인가. 홀로 계시는 시아버님이 우울증에 걸려 걸핏하면 가출하시는 바람에 가족들이 마음을 놓을 수가 없다는 얘기 등, 하나같이 힘들고 고달프다는데, 나의 반지얘기는 아름다운 꽃중의 꽃인 것이다.

"복도 많으셔라……."

"정말 현명하시네요. 놀라워요."

"우리도 그 나이 되면 그렇게 할 수 있을까요?"

"언젠가 한 번 뵈었는데, 역시 인품이 훌륭하신데요."

저마다 내 맘속에 영원히 기억하고 싶은 말들이었다.

나는 너무도 행복한 며느리가 되어 또 하나의 자랑을 덧붙였다.

우리 아들 석이가 고등학교 입학하던 해 봄이었다.

쿵! 쿵! 거리며 요란스럽게 이층 계단을 내려오면서 연신 엄마를 불러대며 나에게 다가서더니 할머니의 말씀과 함께 금비녀를 내놓았다.

"네 엄마가 나에게 준 비녀인데, 너 장가갈 때, 네 색시한테 줄 거니까 엄마한테 잘 맡겼다가 그 때 주도록 해라. 나야 언제 죽을지 모르니까"라고 말씀하셨다는 것이다.

손자에 대한 깊고 크신 사랑이 다시 한 번 나를 놀라게 했다. 그리고 내 얘기를 듣고 눈시울을 붉히는 친구도 있었다.

며칠 후, 어머님을 모시고 우리 6남매 쌍쌍이 아이들과 함께 저녁을 먹는 자리를 마련했다.

식사가 거의 끝날 무렵, 남편이 말했다.

"여보! 그 반지 얘기 좀 하지 그래……."

아마도 어머니가 나에게 반지를 주신 것이 아들을 감동시켰던 것 같았다. 여러 사람에게 흐뭇한 어머니의 사랑을 알리고 싶었던 것 같았다.

나는 얼른 바로 앉으면서 반지 얘기를 시작했다. 모두 놀라는 표정이었다. 그리고 얘기를 다 마쳤을 때는 박수소리가 요란했다. 또 시누님들의 감탄소리가 유별났다.

"어머! 우리 어머니가? 정말 잘 하셨어요 어머니!"

막내 시누이의 말에 이어 "우리 어머니 참 훌륭하셔라. 어떻게 그런 생각이 다 나셨을까? 그런데 어머니, 왜 제 생일엔 아무 것도 안 해 주셨어요?" 하며 애교 섞인 농담을 하는 큰 시누님이 어머니 곁에서 연신 웃고 있었다.

"우리 어머니 따봉이셔……."

둘째 시누이가 엄지손가락을 펴보였다.

어머님을 비롯하여 아들 · 며느리, 딸 · 사위, 손자 · 손녀…… 온 가족은 화기애애한 분위기로 더없이 행복했다.

나는 이 모임에서 제안을 했다.

"우리 어머님께서 주신 이 진주반지를 윤씨 가문의 '내림 반지'로 정하고 윤씨 문중 32대손 석이의 아내가 될 제 며느리에게 물려주고 며느리는 또 다음 며느리에게 내려 주도록 하겠습니다."

이 말을 들은 온 가족들은 함께 즐거워하면서 박수로 환영을 했다.

나는 금비녀와 이 진주반지에 '회천정윤回天正倫'이라는 윤씨 가문의 얼을 담아서 보관하기로 마음 속 굳게 다짐을 했다.

그러고 나니 어쩐지 작은 일로 큰 뜻을 이룬 것 같아서 마음이 흐뭇했다.

푸른 물감으로 내 마음 물들이면서

어느덧 20여 년, 푸른 물감으로 내 마음 물들이면서 열심히 달려온 오늘, 돌아보니 한나절 햇살보다 짧다. 작년 10월, 인사동에서 희수전을 가졌다. 경인미술관 뜨락엔 예쁘게 물든 나뭇잎들이 떨어져 있어서 한결 가을 분위기를 자아내고 있었다. 제1전시실 입구에 놓인 방명록엔 그리운 이름들의 손길로 이어진 분에 넘치는 찬사의 말과 격려의 글들로 한 장 한 장 귀하게 채워졌다. 지금 생각하면 얼마나 다행스러운 일이었던가. 새삼 나의 노후 생활의 선택에 뜨거운 박수를 보내고 싶다.

푸른 물감으로 내 마음 물들이면서

내가 살아오면서 내 제2의 인생에 물감이 있어 외롭지 않았다. 50대 후반, 어느 날 나는 문득 나의 노후老後를 생각하게 되었다. 무료하고 의미 없는 하루하루를 떠올리니 가슴이 뭉클했다. 무언지 모르게 마음이 급해졌다.

사랑하는 남편과 가족들에게 짐이 되지 않고 일을 하면서 아름답고 건강하게 살아갈 수 있는 방법을 연구했다. 여러 날 고민 끝에 그림을 선택했다. 이 나이에 너무 늦었다고 생각되었지만, 문제가 되지 않았다. 왜냐 하면 언젠가 션샤인 잡지에 소개된 기사를 전해 들었기 때문이다. 세계적인 역사의 업적 64%가 60세 이상인 노인에 의해서 이루어졌다고 했다.

예를 들면 한이 없지만, 하나만 꼽는다면, 미국의 모리스할머니 이야기를 들 수 있다. 그는 평범한 시골 주부로 75세에 붓을 들어 그림을 시작하였다고 했다. 101세에 사망할 때까지 그림을 그려 미국의 국민화가로서 유럽, 일본, 세계 각국에서 전시회를 열었고, 투르먼 대통령이 여성 플레스클럽상을 선사하고, 뉴욕지사 록펠러가 그의 100 일째 생일을 모리스할머니 날로 선포하기까지 빛을 남겼다고 하지 않았던가. 나는 그 놀라운 열정에 힘입어 용기를 내어 화실을 찾게 되었다. 화우畵友들과 이런저런 이야기꽃을 피우며 물감 풀 때면 마냥 즐겁고 행복했다.

봄이면 제비꽃 민들레 아름다운 생명을 담아 화폭에 옮기던 지나간 시간들이 지금도 마음에 부시다.

세월의 속도는 마음의 속도를 따라간다고 생각한다. 조급하게 살면 한없이 모자라지만, 느긋하게 따라가면 넉넉한 것이 우리 인생이 아니던가.

물감을 풀어 그림을 그릴 때마다 나는 먼저 내 마음을 물들인다.

꽃빛, 하늘빛, 환하고 예쁜 색색으로 마음을 물들일 때면, 마치 내 인생을 아름답게 물들이고 있음이다.

석양에 화판을 들고 가을 나들이에 나서면 저만치 황금물결 갈대밭을 물들이는 노을이 하도나 아름다워 그 노을처럼 살고 싶다는 깊은 상념에 빠져들기 일쑤였다. 갈대밭 이랑에는 살면서 누구나 한 번쯤 토하고 싶은 아픔이 출렁이고 있는 듯싶기도 했다.

어느덧 20여 년, 푸른 물감으로 내 마음 물들이면서 열심히 달려온 오늘, 돌아보니 한나절 햇살보다 짧다.

작년 10월, 인사동에서 희수전喜壽展을 가졌다. 경인미술관 뜨락엔 예쁘게 물든 나뭇잎들이 떨어져 있어서 한결 가을 분위기를 자아내고 있었다. 제1전시실 입구에 놓인 방명록엔 그리운 이름들의 손길로 이어진 분에 넘치는 찬사의 말과 격려의 글들로 한 장 한 장 귀하게 채워졌다.

지금 생각하면 얼마나 다행스러운 일이었던가. 새삼 나의 노후 생활의 선택에 뜨거운 박수를 보내고 싶다.

우리 집 거실에도 내가 그린 수채화 한 점이 항상 환하게 반기고 있다. 이젠 일상에 감사하며 가족과 소중한 이웃과의 우정이 가을 햇살처럼 오래오래 깊은 여운으로 익어가기를 바랄 뿐이다.

앞으로도 계속 푸른 물감으로 내 마음 물들이면서 푸르게 아름답게 살리라.

메밀꽃 필 무렵

강원도의 메밀꽃밭은 이효석이라는 대가를 탄생시킬 수밖에 없는 대자연의 아름다운 풍광이었다. 강원도의 자랑은 이 아름다운 메밀꽃밭이요, 이 아름다운 메밀꽃밭은 소설가 이효석을 탄생시킬 수밖에 없는 향토적 특색과 대자연의 소산이었음을 직감할 수 있었다. 우리 일행은 온종일 메밀꽃밭에 취해 있었다. 돌아갈 시간이 되었는데도 발길이 떨어지지를 않았다. 내가 입고 온 옷은 온통 메밀꽃 빛깔로 물들여진 듯싶었고, 가슴 속 우중충했던 마음도 점점 메밀꽃으로 하얗게 피고 있는 듯싶었다.

메밀꽃 필 무렵

녹색 바다에 떠있는 무리무리 하얀 꽃!

그곳이 메밀꽃 흐드러진 고원자생식물원이던가!

입추立秋가 지났지만 무더위는 아직도 수그러들지 않고, 가을 분위기도 한참 멀게만 느껴지고 있다.

나에게는 평소에 자주 만나고, 가끔 여행을 함께 즐기는 5~6명의 친구가 있다.

어느 날 우리는 영등포 K식당에서 점심을 함께 하는 자리에서, 강원도 태백시 고원자생식물원 메밀꽃 구경을 가기로 의견이 모아졌다.

이날부터 나는 메밀꽃 구경을 할 생각에 어린이처럼 마음이 들떴다. 약속 날짜가 두 달 남짓 남아 아직 멀었는데도 벌써부터 시간이 지루하고 아득하게만 느껴졌다.

내가 집에서 들뜬 분위기로 일이 손에 잘 잡히지 않는 눈치를 알아차린 남편이 한 마디 했다.

"당신은 만년 소녀야. 무엇이 그리도 좋아서……."

나는 빙긋이 웃음이 나왔다.

청명한 날씨에 뙤약볕이 쏟아지는 정원을 바라보니 오늘 따라 꽃밭도 아름답다.

10월 10일 아침. 7시 출발의 시간이 내일로 다가왔다.

이튿날 경방빌딩 앞에는 벌써 두세 사람이 나보다도 먼저 나와 있었다.

서로가 미소 띤 얼굴을 보자 분위기가 고조되기 시작했다.

우리 일행은 예정 시간에 다 모여서 7시 정각에 기분 좋은 출발을 했다. 답답한 서울을 빠져나가 들녘 푸르름이 눈앞에 깔리자 마음은 한층 경쾌해졌다.

물빛 하늘이 우리를 즐겁게 해 주었고, 시원한 바람은 콧노래를 흥얼거리게 하였다.

어느덧 평창군에 도착했다.

우선 평창군 봉평에서 '북어국과 산채나물' 로 잘 차려진 점심을 먹었다. 향토색 짙은 산채나물 향기와 맛이 일품이었다. 모두가 시장하였는지 마파람에 게눈 감추듯 했다.

점심 식사를 마치고 다시 버스에 올랐다. 어언 목적지 강원도 태백시 고원자생식물원 메밀꽃밭이 눈에 들어왔다.

멀리서 바라보이는 그 푸르른 녹색 바다 같은 메밀밭! 그 위에 하얀 소금 같은 메밀꽃이 한 데 어우러져 장관을 이루고 있었다.

우리 일행은 약속이나 한 듯이 모두가 일제히 감탄사를 연발했다. 너무나 아름다워서 가슴이 두근거렸다.

한두 그루 보는 메밀꽃과는 그 분위기가 사뭇 달랐다.

끝없이 펼쳐진 메밀꽃밭은 우리들의 마음을 사로잡았다.

그 넓은 푸르름과 그 넓은 하얀 꽃물결의 아름다움은 말로 표현하기가 어려웠다.

어찌 보면 녹색 바다 같기도 하고, 어찌 보면 하얀 소금밭 같기도 하고, 군락群落을 이룬 메밀꽃밭은 하나의 거대한 예술藝術이었다.

이효석의 대작大作 〈메밀꽃 필 무렵〉 소설이 나올 수밖에 없는 대자연의 미美의 극치極致였다. 이효석 소설가는 강원도의 자랑이라는 것을 한눈에 느낄 수 있었다.

강원도의 메밀꽃밭은 이효석이라는 대가大家를 탄생시킬 수밖에 없는 대자연의 아름다운 풍광이었다.

강원도의 자랑은 이 아름다운 메밀꽃밭이요, 이 아름다운 메밀꽃밭은 소설가小說家 이효석을 탄생시킬 수밖에 없는 향토적 특색과 대자연의 소산所産이었음을 직감할 수 있었다.

우리 일행은 온종일 메밀꽃밭에 취해 있었다.

돌아갈 시간이 되었는데도 발길이 떨어지지를 않았다.

내가 입고 온 옷은 온통 메밀꽃 빛깔로 물들여진 듯싶었고, 가슴 속 우중충했던 마음도 점점 메밀꽃으로 하얗게 피고 있는 듯싶었다.

귀가歸家 시간이 늦어지게 된 것은 지극히 자연스러운 분위기였다. 모두가 기념사진 찍기에 바빴다. 여기 저기서 셔터소리가 메밀꽃밭을 울렸다.

잠시 후, 시간에 쫓긴 우리는 아쉬움을 남긴 채 버스에 올랐다.

버스 안 화제는 온통 메밀꽃밭과 이효석 소설 이야기로 넘쳤다.

나는 내 가슴 속에서 계속 메밀꽃이 피고 있는 기분이었다.

5부

⋮

태양

가을 하늘

품앗이

100세를 향하여

⋮

태양

태양은 우리 인간에게 아무런 대가도 없이 무한정으로 혜택을 주고 있다. 병실 유리창에 쏟아지는 햇살! 환자의 가슴에 얼마나 큰 설렘으로 눈부실 것인가. 어찌 그뿐이랴. 태양은 수많은 열매를 맺게 하여 생명을 가꿔가는 힘이 있지 않은가. 태양은 생명이다. 엄동설한의 칼바람이 들녘에서 떠는 과수원을 휘갈겨도 태양은 여전히 따뜻한 햇살로 그 넓은 과수원을 보호하여 생명을 지켜주지 않는가. 태양은 철따라 사랑의 기를 불어넣어 꽃을 피우게 한다. 과일을 영글게 하고, 날마다 부드러운 햇살로 영양가를 듬뿍 안겨준다. 이처럼 태양은 지구상의 모든 생명에 대한 근원이 되고 있다.

태양

햇살이 따스하다. 거실 창문을 투사한 햇살이 눈부시다.

가슴 속 포근히 스며드는 비단 같은 햇살이 환절기의 피부를 부드럽게 어르고 있다.

아침 식사 후, 연변댁과 나는 언제나처럼 남편 디저트dessert 준비할 때, 한 쪽씩 따로 담은 과일접시와 커피 한 잔씩을 들고 마주 앉는다.

이런 시간이면 마음도 풀리고 따스한 햇살이 혈관 속으로 스며들어 온몸에 전류처럼 흐른다.

혈관에 스며든 아침 햇살이 어둡고 탁한 내 피를 걸러내어 해맑은 피로 바꿔놓는 순간이다.

이 어찌 무심히 넘길 수 있으랴. 내 혈관 속의 피는 따스한 햇살이 섞여서 돌고 있으며, 이처럼 걸러진 피는 새롭게 약동한다.

이런 날이면 어느 주부를 막론하고 누구나 같은 생각을 갖게 되리라. 우선 긴긴 겨울에 장롱 속 옷 가지를 꺼내어 말릴 수 있는 햇살에 대한 고마움이 앞서리라고 본다.

태양은 우리 인간에게 아무런 대가도 없이 무한정無限定으로 혜택을 주고 있다.

병실 유리창에 쏟아지는 햇살! 환자의 가슴에 얼마나 큰 설렘으로 눈부실 것인가. 어찌 그뿐이랴. 태양은 수많은 열매를 맺게 하여 생명을 가꿔가는 힘이 있지 않은가.

태양은 생명이다. 엄동설한嚴冬雪寒의 칼바람이 들녘에서 떠는 과수원을 휘갈겨도 태양은 여전히 따뜻한 햇살로 그 넓은 과수원을 보호하여 생명을 지켜주지 않는가.

태양은 철따라 사랑의 기氣를 불어넣어 꽃을 피우게 한다. 과일을 영글게 하고, 날마다 부드러운 햇살로 영양가를 듬뿍 안겨준다. 이처럼 태양은 지구상의 모든 생명에 대한 근원이 되고 있다.

태양열이 어느 한순간만이라도 단절된다면 지구상의 모든 생명체는 일시에 냉동이 되어 죽어갈 것이 아닌가.

이런 것을 생각할 때, 태양은 단순한 고마움을 넘어서서 어느 절대적인 관계에 있다고 본다.

지금 이 시간에도 커피 향을 맡으며 아름다운 빛깔을 즐기게 하는 것도 태양이 아니던가.

엄청나게 고마운 이 모든 혜택은 오직 태양 빛의 사랑인 것이다.

우리들의 생활은 오로지 태양! 태양의 출몰에 따라 낮과 밤이 구별되어 생生의 묘미를 가져왔고, 우리가 살아가는데 필요한 에너지energy의 거의 전부를 태양의 사랑에 의존하고 있는 것이다.

태양아!
생명의 햇살!
사랑스런 햇살!
은혜로운 햇살!

이 아침, 나는 따스한 햇살을 받으며 감사 또 감사하고 있다. 이 햇살이 온 누리에 고루고루 눈부시게 쏟아지고 있겠지. 아낌없이 쏟아지고 있겠지.

벌써 10시가 되어간다. 이제 커피 잔을 치우고 화실에 나갈 채비를 해야겠다.

가을 하늘

가을 하늘은 시리도록 아름다운 푸른 하늘입니다. 손 대면 금세 푸른 물이 주루룩 쏟아질 것만 같은 푸르른 하늘입니다. 내 영혼이 깃든 남쪽 하늘을 바라보면, 가슴 가득히 어머니의 얼굴이 차오릅니다. 지붕 위에 널어놓은 탐스런 붉은 고추색과 파란 하늘 빛의 앙상불은 언제나 가슴을 설레게 하는 고향 하늘입니다. 누렇게 익어가는 넓은 논두렁 허수아비도 푸른 가을 하늘이 마냥 좋아서 양팔을 벌리고 갸우뚱 어깨춤을 춥니다. 한껏 구름 한 점 없는 푸르른 하늘입니다.

가을 하늘

고요한 하늘입니다.

가을 하늘은 하늘 중 하늘입니다.

푸르러서 깊고 깊어서 더욱 고요로운 하늘입니다.

가을 하늘은 시리도록 아름다운 푸른 하늘입니다.

손 대면 금세 푸른 물이 주루룩 쏟아질 것만 같은 푸르른 하늘입니다.

내 영혼이 깃든 남쪽 하늘을 바라보면, 가슴 가득히 어머니의 얼굴이 차오릅니다.

지붕 위에 널어놓은 탐스런 붉은 고추색과 파란 하늘 빛의 앙상불은 언제나 가슴을 설레게 하는 고향 하늘입니다.

누렇게 익어가는 넓은 논두렁 허수아비도 푸른 가을 하늘이 마냥 좋아서 양팔을 벌리고 갸우뚱 어깨춤을 춥니다.

한껏 구름 한 점 없는 푸르른 하늘입니다.

부드러운 실크 머플러 같은 쪽빛 하늘이 드리운 날이면, 지체 없이 화우畵友들과 함께 캔버스를 들고 야외로 나갑니다. 혹은 삼삼오오 여행을 떠납니다.

수만 평의 코스모스 밭을 찾아 마음을 던져 버리기도 합니다.

멀리 황갈색 억새밭은 화가畵家들의 잔칫상이며 스케치의 진미를 느끼게 해 줍니다. 갈대바람 따라 철새들이 떼지어 날면, 푸르른 가을 하늘은 더욱 멋스럽고 우리들의 사색을 살찌게 해 줍니다.

때때로 들녘을 지나다가 해바라기 밭이나 옥수수 밭에 멈춰 서서 문득 향수의 눈물을 흘리는 것도 가을 하늘빛이 주는 정감情感이 아닐런지요.

하늘은 계절 따라 새로운 풍광으로 세상을 아름답게 하고, 우리 인생을 즐겁게 해 줍니다.

기쁠 때는 한없이 기쁨을 만끽하도록 우리들에게 희망을 주고, 슬플 때는 저리도록 아픔을 더해 주는 것이 유독 가을 하늘이지요.

소원이 있을 때, 무심코 하늘을 향해 두 손 모아 빌고, 하늘이 내린 단비로 마음의 갈증을 풀고, 답답할 때 하늘을 향하여 소리소리 지르고 나면, 푸르디푸른 하늘 빛 한 자락 유유히 가슴에 흐르리라.

옛날에는 지아비(夫)의 소중함을 하늘(天)에 비유하기도 했습니다.

딸의 혼사를 앞둔 어머니의 당부 말씀, '하늘(天)보다 높은 것이 지아비(夫)니라' 에 순종하였습니다.

그러나 언제부턴가 그 부도婦道가 무너져 가고 있음을 어찌하겠습니까. 심히 안타까울 뿐입니다.

오늘 가슴을 열고 아름다운 푸르른 가을 하늘을 바라보았습니다.

문득 그 깊은 가을 하늘을 닮고 싶었습니다. 그 넓은 하늘을 닮고 싶었습니다. 그 고요로운 가을 하늘을 닮고 싶었습니다. 그리고 나의 여생餘生을 어떻게 아름답게 살아갈까 생각을 해 보았습니다.

푸르른 가을 하늘이여! 영원히 내 가슴에 흐르소서.

품앗이

품앗이하면 제일 먼저 농촌이 생각나지요. 고향이 떠오르고 부모님이 생각나고 어릴 적 친구가 보고 싶습니다. 밀짚모자 쓰고 이웃과 함께 밭갈이하며 풍요로운 삶을 꿈꾸는 신성한 터전이 떠오릅니다. 이웃끼리 힘드는 일을 거들어주면서 서로 품을 지고 갚고 했습니다. 품앗이는 우리 농촌의 아름다운 풍속이지요. 품앗이는 서로 무언의 우정을 교환하는 것이 아닐는지요. 뿐만 아니라 지금은 아스라이 멀어져간 농부가를 우리는 잊을 수가 없습니다. 지역에 따라 가사가 다르고 가락도 다르지만, 특별히 남도민요 농부가는 우리들의 귀에 익숙합니다.

품앗이

바람으로 오는 봄! 봄은 바람으로 온다고 합니다. 봄바람은 한 점 욕심도 없이 스치는 곳마다 훈기를 흩날립니다. 그 바람은 먼저 메마른 나뭇가지에서 기운이 시작됩니다.

우리 집 정원 울타리에 두어 그루 나란히 서 있는 깡마른 잔가지 끝에 촉광인 듯 연둣빛 눈이 내 가슴을 설레게 합니다. 대지에 생기가 돌면 농부들은 쟁기나 호미로 겨울 내내 굳은 논과 밭을 일굽니다.

농부들은 절기에 맞춰 일을 합니다. 어둑어둑한 새벽에 들로 나가서 종일 열심히 일을 하고 땅거미질 때 집으로 돌아옵니다. 씨앗을 심고 물을 주고 싹을 틔웁니다. 튼실한 곡식을 거두기 위해서 거름도 주고 풀도 뽑고 관리를 합니다. 그리고 가을이 되면 땀 흘린 만큼 땅에서 거둡니다. 그 일을 옛날에는 일일이 사람의 손으로 했습니다. 모내기 때, 김맬 때, 추수할 때 일손이 모자라면 품앗이를 했습니다.

품앗이하면 제일 먼저 농촌이 생각나지요. 고향이 떠오르고 부모님이 생각나고 어릴 적 친구가 보고 싶습니다. 밀짚모자 쓰고 이웃과 함께 밭갈이하며 풍요로운 삶을 꿈꾸는 신성한 터전이 떠오릅니다. 이웃끼리 힘드는 일을 거들어주면서 서로 품을 지고 갚고 했습니다. 품앗이는 우리 농촌의 아름다운 풍속이지요. 품앗이는 서로 무언의 우정을 교환하는 것이 아닐는지요.

뿐만 아니라 지금은 아스라이 멀어져간 농부가農夫歌를 우리는 잊을 수가 없습니다. 지역에 따라 가사歌詞가 다르고 가락도 다르지만, 특별히 남도민요 농부가는 우리들의 귀에 익숙합니다.

"여보시오 농부님네 이내 한 말 들어보소. 어~화 농부들 말 좀 듣소. 한 일자로 쭉 늘어서서 입구자로만 모를 심세."

일렬로 나란히 서서 허리를 구부렸다 폈다 하면서 구성진 가락에 흥에 겨운 농부들은 옷이 흠뻑 젖어도 즐겁기만 했습니다. 특히 술참 때가 되면 된장에 풋고추를 곁들인 시원한 막걸리 한 사발은 이마에 흐른 땀을 씻어주기도 했습니다.

그런데 그 정겹고 멋스러운 광경을 볼 수가 없습니다. 요즈음은 거의 기계로 농사일을 합니다. 밭갈이에서부터 모를 심고 거둬들이는 일까지 모두 기계로 합니다. 지금 한참 밭갈이할 때인데, 들에 나가 보면 조용합니다. 사람은 보이지 않고 기계소리만 요란합니다.

품앗이 문화가 사라졌습니다. 뿐만 아니라 언제부턴가 품앗이의 본질이 변해 가고 있음을 볼 수 있습니다. 수삼 일 전, 몇 사람이 모인 자리에서 품앗이에 대한 이야기가 나왔습니다.

이야긴 즉, 혼주 이름도 모르는 사람한테서 청첩장을 받았는데, 가야 할지 말아야 할지 고민 중이라고 했습니다. 우리는 한바탕 웃었습니다. 그리고 관혼상제冠婚喪祭도 당연히 품앗이라고 했습니다. 살아가면서 친지나 평소에 가깝게 지내온 이웃끼리 부모가 세상을 떠났거나 자녀들 혼례식을 치를 때, 서로 오가며 조문을 가고 기쁜 마음으로 축하의 자리에 참석합니다.

그러나 한참을 생각해도 얼굴도 모르고 이름도 모르는 부고나 청첩장을 받으면 심히 난감할 때가 있지요. 더구나 어느 면으로 보던지 갚을 기회조차 없는 상대에게 굳이 초청장을 보내는 것은 좀 생각해 볼 일이라고 여겨집니다.

근래 실제로도 행하고 있는 일이지만, 어느 TV연속극에서처럼 일당을 주고 받고 하객 품앗이하는 것을 보았습니다. 우리는 품앗이의 본질을 잘 알아야 하겠습니다. 앞뒤 가리지 않고 부고나 청첩장을 남발해서 귀한 자리를 망치고 있지나 않은지 한 번 생각해 볼 일입니다.

100세를 향하여

아이들을 가르치면서 은연중 100이라는 숫자가 마음에 저장되었다. 나름 100점짜리 인생을 꿈꾸었다. 100점짜리 인생은 무엇보다 좋아하는 일을 즐겁게 하며 살아가는 것과, 특히 노후를 멋지고 활발한 모습으로 살아야 한다고 생각했다. 늙었다고 추억에만 살지 말고, 미래를 생각하며 희망과 일을 가져야 한다고 생각했다. 그러기 위해서 이곳저곳 노크한 결과 정년퇴직이 없는 문학과 미술에 애정을 갖게 되었다. 살아가면서 글로 표현하지 못한 것을 아름다운 물감으로 내 인생을 표현하고 싶었다. 그 공부하는 과정에서 또 100이라는 숫자를 배웠다.

100세를 향하여

'100세를 향하여' 원고 청탁을 받고, 문득 100이라는 숫자가 뇌리에 스쳤다.

내가 초등학교 교직에 있을 때다. 수삼 년을 1학년만 담임했다. 죽순같이 여리고 이쁜 아이들에게 하나 더하기 둘을 가르치면, 초롱초롱한 눈망울을 빤짝이며, 귀를 쫑긋 세우고, 태극기 송아지 병아리 그림카드로 한글을 깨우쳐주면 잘 따르던 그 귀여운 모습들이 지금도 눈에 삼삼하다.

그 때, 아이들에게 문제를 내고, 시험을 치르고, 채점을 했다. 수십 명의 얼굴을 각각 떠올리면서 답안지를 살피고 다 맞으면 100점 만점을 주고, 아래에 밑줄 두 선을 기분 좋게 치고 나면, 저절로 입가에 미소가 어렸다.

방과 후, 100점 받은 학생들이 시험지를 높이 들고 엉덩이를 흔들며 뛰어가는 모습을 보면서 내 마음도 덩달아 기뻤다. 어쩌다 오답을 적어서 30점이나 40점을 받은 학생은 시험지를 받자마자 행여 누가 볼세라 가방 깊숙이 숨기기에 바쁘고, 그 모습을 본 내 마음도 안타깝기 그지없었다.

그렇게 아이들을 가르치면서 은연중 100이라는 숫자가 마음에 저장되었다. 나름 100점짜리 인생을 꿈꾸었다. 100점짜리 인생은 무엇보다 좋아하는 일을 즐겁게 하며 살아가는 것과, 특히 노후를 멋지고 활발한 모습으로 살아야 한다고 생각했다. 늙었다고 추억에만 살지 말고, 미래를 생각하며 희망과 일을 가져야 한다고 생각했다.

그러기 위해서 이곳저곳 노크한 결과 정년퇴직이 없는 문학과 미술에 애정을 갖게 되었다. 살아가면서 글로 표현하지 못한 것을 아름다운 물감으로 내 인생을 표현하고 싶었다. 그 공부하는 과정에서 또 100이라는 숫자를 배웠다.

100사람이 1번 읽는 작품보다 1사람이 100번 읽는 작품을 써야 한다고 배웠다. 그렇게 100의 숫자는 나에게 또 하나의 의미를 부여했다.

평균 수명의 연장으로 고령자들이 날로 늘어가고 있는 이때, 나도 어언 100세를 향하여 노년기 80 반열에 올랐다. 옛날에는 100세 꿈조차 꿀 수 없었다.

그러나 요즈음 가끔 TV에서 방영되고 있는 100세 이상의 건강한 노인들을 볼 때, 한편, 우리나라의 환경개선과 의료기술 발달 덕분이라 생각하고 감사하고 있다.

이렇게 좋은 세상에서 건강하고 보람 있는 노후생활을 영위하는 것은 큰 축복이라 여겨진다. 그것은 모든 노인들의 희망사항이기도 하다.

80이 넘으면 노인이다. 그러나 누군가 말했듯이 노인이라고 해서 꼭 노인 티를 내지 말자는 것이다.

일찍이 공자는 50을 지명知命, 60을 이순耳順, 70을 종심從心이라 했고, 예기禮記에는 50을 애년艾年, 60을 지사指使, 70을 고희古稀라 했다. 늙을 노老 자를 쓰지 않는 숙년熟年, 존년尊年 등 좋은 호칭을 쓸 수 있듯이 굳이 늙었다는 표현은 삼가는 것이 좋겠다는 생각이라 여겨진다.

그리고 노인으로 살지 말고 어르신으로 살자는 메시지를 마음에 새겨야 하겠다.

'노인은 늙은 사람이고 어르신은 존경 받는 사람입니다.'

'노인은 이제 배울 것이 없어 자기가 최고인 양 생각하는 사람이고,

어르신은 언제나 배워야 한다고 생각하는 사람입니다.'

또 하나 100세 장수비결에 일상적으로 존댓말을 사용하면 몸도 건강하고 사람들의 존경을 받게 된다고 했다. 말은 인생과 건강이 직결되어 있다는 것도 알게 되었다.

유순한 존댓말로 인격적이고 사랑이 넘치는 건강한 노후를 보내야 하리라. 이제 나도 100세를 향하여 가면서 위의 메시지를 붙들고 존경받는 어르신으로 열심히 살아가리라 다짐해 본다.

작품해설

문원 김규현의 인간과 예술세계

김 정 오

수필가 · 문학평론가

들어가는 말

좋은 글을 읽으면 마음이 맑아지고 풍요로워진다.

그래서 다산 정약용[1]은 글을 쓰는 이들에게 당부의 말씀을 남겼다.

"글을 쓸 때는 아름답고 미운 것과 선과 악을 분별하는 글을 써야 한

1) 다산 정약용(茶山 丁若鏞, 1762~1836) : 실학자. 경기도 광주(廣州) 출생. 자는 미용(美鏞), 송보(頌甫). 호는 다산(茶山), 사암(俟庵). 당호 여유당(與猶堂). 본관 나주. 《목민심서》 외 500여 권의 저서가 있다. 다산은 문사들에게 "불애군우국비시야(不愛君憂國非詩也)/ 불상시분속비시야(不傷時憤俗非詩也)/ 비유미자근징지희비시야(非有美刺勸徵之義非詩也)"라고 말했다, "나라를 걱정하지 않은 글은 글이 아니다./ 시대를 아파하고 세속을 분개하지 않는 글은 글이 아니다./ 아름다움을 아름답다 하고 미운 것을 밉다 하며, 선을 권장하고 악을 징계하는 뜻이 담겨 있지 않는 글은 글이 아니다." 또 "경학, 역사학, 실학을 깊이 연구하여 만백성에게 혜택을 주어야겠다는 생각과 만물이 제대로 자라게 해야겠다는 뜻을 지닌 뒤에야 참다운 글을 읽을 수 있고, 그런 다음에야 안개 낀 아침, 달뜨는 저녁, 짙은 녹음, 가랑비 내리는 날, 문득 마음에 자극이 와서 생각이 떠올라 운율이 나오고 글이 되어질 그때에야 제대로 된 글을 지을 수 있다고 했다. 또 인간의 삶, 세상의 흐름, 역사의 추이 등 많은 냄새와 흔적을 벗어난 글은 훌륭한 글이 될 수 없으니 반드시 인간의 삶과 역사적 사실들을 인용하라고 강조했다. 인간 삶의 변천사가 글에 담겨져야 한다는 것이다. 글은 뜻을 말하는 것인데, 뜻이 야하면 밝고 고상한 말을 하여도 조리가 이루어지지 않는다. 뜻이 편협하고 비루하면 달통한 말을 하여도 사정에 절실하지 않는다. 글을 배울 때 그 뜻을 헤아리지 않는 것은 썩은 땅에서 맑은 샘물을 찾는 것과 같고, 냄새나는 가죽나무에서 향기를 구하는 것 같아서 평생 얻지 못하는 것이다" 라고 했다. 다산은 19년 동안이나 유배생활을 하면서도 마음에는 늘 여유와 안정이 있었다. "마음에 여유와 안정이 없으면 진정한 문사가 될 수 없다. 그러면서 하늘 아래 새로운 것은 없다. 모든 새것은 옛것의 변용일 뿐이다. 훌륭한 선례를 본받아야 한다. 지금 모습 그대로는 안 된다. 불필요한 것은 걷어내고, 안 맞는 것은 버리고, 없는 것은 보태고, 부족한 것은 채워라" 라고 가르쳤다.

다. 그리고 배움을 깊이 하여 만인에게 이로움을 주는 글을 써야 한다"고 가르쳤다. 또 우리나라를 다섯 번이나 찾은 《25시》의 작가 게오르규[2]도 "문인은 시대를 증언하고 어둠 속에서 횃불을 밝히는 사람이다"라고 했다. 문학의 사명을 말한 것이다.

김승우[3]는 그의 《현대수필론》에서 "덕이 인격적 차원이라면 문장은 그것을 구조적인 이미지로 떠올려 언어적인 소재로 형태화하는 것"이라고 말했다. 예술이란 이미지의 사고 형태를 말한다. 그러므로 문학은 이미지의 언어적 형식화가 되는 것이다. 그것은 그 구조의 자율적 조화로 해서 미적 차원에 서게 되고 정서적인 감동을 유발하기 때문이다. 문학은 언어 예술이며 수필은 그에 딸린 문학의 한 장르이기에 그 문학성은 마땅히 언어의 미적 차원에서 오는 정서적 감동에서 찾아야 한다는 것이다. 문학작품을 분석하고 비평할 때는 법칙이 있다. 그것에 대해 학자들은 여러 정의를 내리고 있다.

이상섭[4]은 그의 저서 《문학연구의 방법》에서 〈역사주의 비평〉, 〈형식

---

2) 게오르규(Constantin Virgil Gheorghiu, 1916~1992) : 신부이며 망명작가이다. 루마니아 러즈보이에니(Războieni)에서 출생, 부쿠레슈티 대학과 하이델베르크 대학에서 철학과 신학을 공부했다. 루마니아 외무성 특파 문화 사절의 수행 등을 하였다. 시집 《눈 위의 낙서》를 발표하여 루마니아 왕국상을 받았다. 1949년 처녀작이며 대표작 《25시 ; Vingt-cinquième heure》를 파리에서 간행했다. 나치스와 볼셰비키 학정과 현대악을 고발, 전 세계적인 호응을 받았다. '25시'란 "최후의 시간 다음에 오는 시간, 즉 메시아의 구원으로도 해결할 수 없는 모든 구원이 끝나버린 최후의 시간에서 한 시간이나 더 지나버린 절망의 시간, 지금 우리 사회가 처한 순간"이 바로 25시라는 것이다. 서구 산업사회가 멸망하는 환상을 상징적으로 나타낸 것이다. 그 밖에 《제2의 찬스》 《단독여행자》 《도나우의 희생》 《마호메트의 생애》등이 있다. 《25시》는 영화로도 한국에 잘 알려져 있다. 1974년 내한 때에는 서울과 지방에서 여러 차례의 강연회와 좌담회를 가졌다. 서구문명의 위기를 극복할 수 있는 정신을 동양에서 찾은 그는 한국을 '새로운 고향'이라고 부를 정도로 사랑하여 1974년 이후 5차례나 한국을 방문했으며, 1984년에 《한국찬가》를 출간하였다. 작품 대부분은 파시스트들의 만행을 고발하는 저항 시이다. 1944년 루마니아에 공산정권이 들어선 뒤 독일로 갔지만, 유럽을 점령한 미 연합군에 의해 2년간 옥살이를 했다. 세기의 작품 《25시》는 이때의 경험을 바탕으로 쓴 글이다. 그는 이 소설로 세계 최고의 작가 반열에 올랐다.

3) 김승우 : 수필가. 문학평론가. 덕성여대 · 모스크바대 교수. 동양고전연구소 소장. 1972년 부인 김효자와 함께 한국 최초로 월간 『수필문학』을 발간, 윤오영 등 걸출한 수필가들을 발굴함.

4) 이상섭 : 문학박사, 문학평론가, 교수, 연세대학교 명예교수.

주의 비평〉, 〈사회 · 윤리주의 비평〉, 〈심리주의 비평〉 그리고 〈신화비평〉과 〈구조주의 비평의 방법(from Selden, Raman. Contemporary Literary Theory)〉등을 들고 있다. 박덕은朴德垠[5]은 《현대문학 비평의 이론과 응용》에서 〈원본 비평〉, 〈역사전기적 비평〉, 〈사회문화적 비평〉, 〈형식주의 비평〉, 〈신비평〉, 〈구조주의 비평〉, 〈심리주의 비평〉, 〈신화 원형 비평〉, 〈문체론적 비평〉, 〈독자 반응 비평과 수용이론〉, 〈현상학적 비평〉, 〈기호학적 비평〉, 〈해석학적 비평〉, 〈해체 비평〉에 이어 20여 종의 비평 방법을 들고 있다. "문학비평은 문학작품에 관한 일체의 논의, 즉 문학작품을 정의 분류 분석 평가하는 작업이며, 그것을 해석, 선별, 판단, 비교하는 작업"이라는 것이다. 그러면서 "문학에 대한 평가는 반드시 그 평가에 대한 이론적 근거를 제시해야만 한다. 그러나 비평가의 비평관과 문학에 대한 안목에 따라 다양한 비평 유형(방법)이 가능하다"[6]고 했다. 필자가 김문원의 수필세계를 논평함에는 비평가의 비평관과 문학에 대한 안목에 따라 다양한 비평 유형(방법)이 가능하다는 분석 방법에 주안점을 둔다. 따라서 그녀의 문장 구조나 문맥 구성상에서의 문제점이나 완벽성 여부보다는 그녀의 글월에 내재되어 있는 순수한 인간성에 초점을 맞추었다는 점을 밝힌다.

두 날개의 재능을 지닌 축복받은 예술인

새벽 2시를 알리는 괘종소리가 둔탁한 여운을 남기며 누리 속으로 흘러가고 있다. 창문을 여니 푸르름이 짙게 드리워진 나무들 사이에서 머물던 새벽 공기가 가슴 속으로 밀려든다. 하늘은 맑고 서울에서는 보기 힘든 별들이 빛을 내고 있다. 나는 이 아름다운 하늘을 보면서 방금까지

---

5) 박덕은 : 문학박사, 시인, 소설가, 문학평론가, 동화작가, 사진작가. 전남 화순 출생. 전남대학교 교수. 중앙일보 신춘문예 문학평론 당선을 시작으로, 전 문학장르(문학평론, 동화, 동시, 시, 시조, 단편소설, 장편소설, 희곡, 수필, 소년소설, 아동문학평론)에 걸쳐 등단함, 해학, 위트, 유머, 재치가 넘치는 그의 삶을 살고 있다. 백 권이 훨씬 넘는 저서가 있다.

6) 《현대문학 비평의 이론과 응용》 p. 1, 서문.

읽고 있던 김문원의 수필들을 생각하면서 이 평을 쓴다. 그 녀의 수필 〈가을 하늘〉 한 대목을 본다.

고요한 하늘입니다./ 가을 하늘은 하늘 중 하늘입니다./ 푸르러서 깊고 깊어서 더욱 고요로운 하늘입니다./ 가을 하늘은 시리도록 아름다운 푸른 하늘입니다./ 손 대면 금세 푸른 물이 주루룩 쏟아질 것만 같은 푸르른 하늘입니다./ 내 영혼이 깃든 남쪽 하늘을 바라보면, 가슴 가득히 어머니의 얼굴이 차오릅니다./ 지붕 위에 널어놓은 탐스런 붉은 고추색과 파란 하늘 빛의 앙상블은 언제나 가슴을 설레게 하는 고향 하늘입니다./ 누렇게 익어가는 넓은 논두렁 허수아비도 푸른 가을 하늘이 마냥 좋아서 양팔을 벌리고 갸우뚱 어깨춤을 춥니다./ 한껏 구름 한 점 없는 푸르른 하늘입니다.

– 김문원의 수필 〈가을 하늘〉 중에서

그녀는 고요한 가을 하늘을 보면서 '푸르러서 깊고 깊어서 더욱 고요로운 하늘' 이라고 감동하고 있다. 그리고 그것은 '시리도록 아름다운 푸른 하늘' 이라고 표현하고 있다. 이 글 속에서도 그녀의 순수하고 아름다운 마음이 그대로 드러나고 있다.

문학에서 이미지(心象)는 중요하다. 특히 수필은 자기가 겪었던 체험을 바탕으로 구체적인 언어를 찾아내야 하고 그것을 리듬으로 이어가면서 조각처럼 뚜렷한 이미지로 드러내야 하기 때문이다. 좋은 글은 성품이 고와야 쓸 수 있다. 천성이 고우면 그 숨결이 아름답게 우러나오기 때문이다. 선인들은 그 숨(呼吸)은 영원한 우주에 닿아 있고 얼은 영원한 사랑과 이어져 있다고 가르쳤다. 맑은 숨과 순결한 얼이 함께 해야 아름다운 예술이 된다. 그것을 가슴에 심으면 그 울림이 글이 되어 만인을 감동시킨다. 그러나 글로는 그 숨을 다 밝힐 수 없고, 말로는 그 얼을 다 드러내지 못한다. 그녀는 그것을 그림으로 채울 수 있는 천부적인 재능을 타고난 화가이다. 무한과 절대와 초월을 유한한 글말로 표현하기 어려울 때 그 예술적 가치를 그림으로 대신한다는 말이다. 그것은 아무나 누릴 수 없는 축복이다. 삶을 글과 그림으로 꽃피울 수 있는 두 날개의 예술적 능력을 지녔다는 것은 얼마나 큰 축복인가!

글이란 인간의 삶에서 피어나는 영감을 감동으로 포착捕捉하여 그것을 언어로 드러내는 것이다. 영감이란 때에 따라 변하는 것이며, 시대와 함께 혹은 한 걸음 앞서 갈 수도 있다. 그녀는 전통의 아름다움을 새로운 눈으로 보면서 그것을 글과 그림으로 나타내고 있다. 그녀의 수필 〈품앗이〉는 봄바람이 메마른 나뭇가지에서 봄기운으로 비롯될 때 정원 울타리의 나뭇가지 끝에 연둣빛 눈이 가슴을 설레게 한다는 말로 시작된다. 대지에 생기가 돌면 농부들은 절기에 맞춰 일을 하고, 일손이 부족하면 서로 품앗이를 한다는 고향 생각을 하면서 쓴 글이다.

> 농부들은 …(중략)… 어둑어둑한 새벽에 들로 나가서 종일 열심히 일을 하고 땅거미질 때 집으로 돌아옵니다. …(중략)… 그 일을 옛날에는 일일이 사람의 손으로 했습니다. 모내기 때, 김맬 때, 추수할 때 일손이 모자라면 품앗이를 했습니다./ 품앗이하면 제일 먼저 농촌이 생각나지요. 고향이 떠오르고 부모님이 생각나고 어릴 적 친구가 보고 싶습니다. 밀짚모자 쓰고 이웃과 함께 밭갈이하며 풍요로운 삶을 꿈꾸는 신성한 터전이 떠오릅니다. 이웃끼리 힘드는 일을 거들어주면서 서로 품을 지고 갚고 했습니다. 품앗이는 우리 농촌의 아름다운 풍속이지요. 품앗이는 서로 무언의 우정을 교환하는 것이 아닐는지요.
>
> – 김문원의 수필 〈품앗이〉 중에서

품앗이라는 말은 일손을 뜻하는 '품'과 서로 나눈다는 '앗이' 하나로 된 말이다. 마을사람들이 남녀노소 구분 없이 바쁠 때 힘을 모아 서로 품을 나누는 전통적인 공동노동의 한 모습이다. 두레가 한 해 중 가장 바쁜 농번기, 특히 모내기를 하는 때에 이루어지는 데 비하여 품앗이는 때와 계절을 가리지 않고 이루어지며, 농촌에서 필요로 하는 모든 작업을 포

함한다. 가래질하기, 모내기, 물대기, 김매기, 추수, 풀베기, 지붕의 이엉 엮기, 퇴비 만들기, 길쌈하기 등이 그것이다. 베품을 받게 되면 그것을 보답하는 것이 원칙이다. 그러나 사정에 따라 반드시 갚지 않아도 그것을 탓하거나 원망하지 않는다. 그것은 가족을 단위로 하여 그 가족의 모자란 일손을 도와주기 위해 다른 가족들의 일손을 빌려 쓰고 물어주는 미풍양속이기 때문이다.

그녀는 농촌의 품앗이를 회상하면서 품앗이 문화가 사라져가는 것을 아쉽다고 한다. 그러면서 관혼상제도 당연히 품앗이라고 했다. 살아가면서 친지나 평소에 가깝게 지내온 이웃끼리 큰일을 치룰 때 서로 오가며 위로해 주고 또 축하해 주는 것은 좋은 품앗이라고 했다. 그러나 이름도 모르는 사람으로부터 청첩장이나 부고를 받을 때는 난감할 때가 있다고도 했다.

열정(Passion)이 넘치는 예술가로서의 삶

그녀는 어디를 가나 주인 정신으로 살아간다. 수처작주隨處作主 입처개진立處皆眞[7]의 삶, 곧 열정Passion이 넘치는 삶이라고 할 수 있을 것이다.

---

7) 수처작주(隨處作主) 입처개진(立處皆眞) : 당나라 선승 임제(臨濟, ?~867))의 사상이다. "어느 곳에 있든지 그곳의 주인이 되라. 있는 곳 모두가 참된 것이다"라는 뜻이다. '자기가 있는 곳에서 온 힘을 다하면 어디서나 참된 것이지 헛된 것은 없다' 고 했다. 열의가 부족하면 의욕이 없고 활기가 없다. 열의는 주인정신이고, 그것이 없으면 부림을 받게 된다. 주인정신이 강한 사람은 주위 사람들을 자기 사람으로 만든다. 어떤 일이건 적극적으로 주관하면 사람들이 따르게 된다. 일을 마쳤을 때 성취감도 크다. 그러나 들러리나 섰던 사람은 일이 끝난 후에도 성취감은 물론 어떤 느낌도 없게 된다. 어느 곳이건 자신이 있는 자리에서 주관자가 되어야 한다. 그것을 위해서는 맡은 일에 대해 깊은 연구를 해야 한다. 열의가 부족하면 일을 피하려 한다. 그러나 주인은 일을 피하지 않는다. 다스리는 자와 따르는 자의 차이이다. 자신이 있는 곳에서 주인이면 우주의 주인이 되는 것이다. 임제의 성은 형(荊)씨 이름은 의현(義玄)이다. 반야(般若)사상과 장자(莊子)사상을 묶어서 동양적 자유선을 실천하는 간화선(看話禪 · 臨濟禪)을 세웠다. 공안(公案) · 화두(話頭) · 봉(棒) · 갈(喝)이 매서워 가까이 하기가 어려웠다. 스승 황벽선사에게서 배울 때 "고양이가 먹이를 잡으려 노려보듯 그런 눈빛으로 매진하라"는 가르침을 받았다. 황벽의 뒤를 이어, 하북성 진주(鎭州)에 임제원(臨濟院)을 열고 임제종의 종조가 됐다. 그의 제자 중에는 신라의 승려들도 있었고 고려 말 선시 "청산은 나를 보고 말없이 살라 하고/ 창공은 나를

그렇게 예술과 더불어 날로 새로워지는 삶을 살고 있는 그녀를 보면 영국 시인 「새무얼 울만」이 일흔여덟 살 때 지었다는 〈청춘〉이란 시가 떠오른다.

> 진정한 청춘이란 젊은 육체에 있는 것이 아니라/ 젊은 정신 속에 있다./ …(중략)… 중요한 것은 풍부한 상상력, 타오르는 정열이다./ 펑펑 솟아오르는 샘물처럼 당신 정신은 오늘도 신선한가?/ 생동감이 넘치는가? 용기 없는 정신 속에 청춘은 존재하지 않는다./…(중략)…/ 용기 없는 20대라면 그는 이미 노인,/ 용기 있는 60대라면 그는 한창 청춘이다. – 새무얼 울만의 시 〈청춘〉 중에서

그녀는 생명의 질서와 조화를 꿰뚫어 보면서 글을 쓰고 그림을 그린다. 그렇게 정성을 들여 그린 그림들을 경인미술관에서 다섯 번째(?)인가 개인 전시회를 갖는다. 동시에 그동안 지면에 발표했던 작품들을 모아 한권의 아담한 수필집을 펴내고 있다. 그 작품들 가운데는 〈품앗이〉를 비롯해 〈연꽃 바람 부는 날은〉, 〈찔레꽃〉, 〈할미꽃〉, 〈고향 가는 길〉, 〈황금물결 억새꽃 바다〉, 〈산〉, 〈설중매의 진한 향기처럼〉, 〈소방관 생명수당 2만 원〉, 〈아름답게 늙고 싶다〉, 〈배추 농사에 얽힌 사연〉, 〈산꿩이 날던 대밭〉, 〈수채화를 그리며〉, 〈매화축제〉, 〈메밀꽃 필 무렵〉 등을 비롯한 22편의 작품이 들어 있다. 그 가운데 8편이 꽃에 관한 글이다.

꽃에 관한 그녀의 마음을 나태주[8] 시인의 〈시는 상처의 꽃이다〉라는

보고 티 없이 살라 하네/ 탐욕도 벗어 놓고, 성냄도 벗어놓고/ 물같이 바람같이 살다가 가라 하네"를 쓴 나옹왕사(懶翁王師)가 있다.

8) 나태주(1945~) : 시인, 1971년 서울신문 신춘문예에 〈대숲 아래서〉 당선으로 등단, 시집 《대숲 아래서》, 《시인들 나라》, 《울지 마라 아내여》, 《자전거를 타고 가다가》 등을 비롯한 30여 권의 많은 시집이 있다. 박용래문학상, 한국시인협회상. 정지용문학상 등 많은 문학상을 수상했다. 그의 시 〈풀꽃〉중에서 "자세히 보아야 예쁘다/ 오래 보아야 사랑스럽다/ 너도 그렇다"라는 구절이 교보문고 광화문점 건물 벽에 걸려 있어 도시 사람들의 마음을 보듬어주고 있다. 또 드라마 '학교 2013'의 가혹한 교실에서 낭송되면서 가진 것 없이 살아가는 사람들을 시로 보듬어온 시인이라고 알려졌다. 그는 〈시는 상처의 꽃이다〉에서 "유식한 척 잘난 척하는 시인들에게는

글을 보면서 생각해 본다. "시를 쓰는 것을 창작이라고 한다. 창(創)자는 상처를 뜻하는 창(倉)이란 글자와 칼(刀)을 뜻하는 선칼도방(?)으로 되어 있다. 시를 쓴다는 것은 그 상처에서 피어나는 꽃이라고 볼 수 있다. 이를 승화라고 한다." 그는 인생이나 시작 과정에 꽃을 빗대고 있다. "그 꽃 뒤에는 상처가 있고, 외로움이 있고, 그리움이 있고, 실패가 있고, 사랑이 있고, 열정이 있고, 그리고 어리석은 우리네 인간의 욕망 내지는 소망이 있다" 고 했다. 이 말을 바탕으로 생각하면 꽃을 사랑하는 그녀의 내면세계는 예술을 삶의 뿌리로 삼고 그 자양분을 흡수하면서 창작의 아픔을 예술로 꽃 피우고 있다는 것을 알 수 있다. 그녀가 연꽃을 좋아하는 이유도 짐작할 수 있을 것 같다. 그녀의 글 〈연꽃 바람 부는 날은〉 한 대목을 본다.

연꽃 계절 7월이 오고, 북풍이 불어올 때면, 가슴이 두근거리고 덕진 연못을 스쳐 온 은은한 연꽃 향기가 언제나 나를 설레게 했다./ 그 시절 덕진 연꽃 향기가 전주 시내까지 묻어온다는 말은 거짓말 같은 사실이었다. 뿐만 아니다. 남풍南風이 불면 수십 리 떨어진 완주군 삼례읍까지 실려 간다는 것도 사실이었다. 그만큼 덕진 연못에서 피어난 연꽃 향기는 유명했고 전주의 자랑

결코 좋은 시가 허락되지 않는다. 시를 쓰더라도 감동이 없는 시가 되는 것이다. 그런 점에서 우리는 자신의 상처에 대해서 감사해야 하고 실패에 대해서도 감수하는 마음이 있어야 한다. 이것이 '승화' 란 것이다. 그러기 위해서 가난한 마음을 회복해야 한다. 가난한 마음이란 빈한한 마음이 아니다. 작은 것, 낡은 것, 오래된 것, 약한 것, 옛날 것, 값 비싸지 않은 것, 흔한 것을 아끼고 사랑하는 마음이다. 그리고 주변에 있는 많은 이웃들을 사랑하는 마음이다. 다른 사람의 마음과 입장과 처지를 헤아려 주고 이해해 주고 또 같이 하는 마음이다. 우리는 상호간 필요한 사람, 유용한 사람이 되도록 노력해야 한다. 달라이 라마는 '탐욕의 반대는 무욕이 아니라 만족이다' 라고 말했다. 종교를 넘어서 우리 인생에서의 구원의 말씀이다. 우리들의 한숨, 우리들의 문제, 우리들의 고달픔, 슬픔, 원망, 소망, 안타까움, 그런 것들을 담은 솔직하고 친근하고 따뜻하고 부드럽고 거만하지 않은 시를 원하고 있다. 고대 인도의 카비르(Kabir) 같은 사람은 '일생을 시장바닥에서 물을 긷고 베 짜는 사람으로 살면서 훌륭한 해탈을 이루었고 너무나도 아름다운 깨달음의 시를 남겼다' 고 했다. 또 불완전하게 떠나는 것이 사람이고 인생이다. 타고 가다가 마는 것이 완성이다. 자전거 페달을 밟듯 열심히 하루하루 살고 싶다. 눈에 띄지 않지만 지구 한 모퉁이를 깨끗하게 하는 시인이고 싶다" 라고 말한다.

거리였다./ 전주의 자랑 중의 하나인 덕진공원은 오직 연꽃방죽이 있어서 알려진 곳이다. 이곳을 떠난 사람들의 마음에 향수처럼 남아 있기도 한다. …(중략)… 이승과 저승을 잇는 가교가 연꽃이라는 것을 알게 된 후부터 더욱 연꽃을 사랑하게 되었다./ 나는 이심전심으로 기회만 있으면 연꽃을 찾았다. 특히 비 오는 날, 연잎에 떨어지는 크고 작은 은방울 소리는 아름다운 화음을 이루어 나를 즐겁게 해 주기도 한다. – 김문원의 수필 〈연꽃 바람 부는 날은〉 중에서

그녀의 삶은 '연꽃의 특징'[9]에 견줄 수 있다. 연꽃은 새벽 4시경이면 피어나 떠오르는 해를 맞이한다. 같은 연꽃 과인데도 수련[10]은 잠을 즐긴

9) 연꽃의 특징 : 이제염오(離諸染汚)－연꽃은 진흙탕에서 피지만 진흙에 물들지 않는다.
불여악구(不與惡俱)－연꽃 위에는 한 방울의 오물도 머무르지 않는다. 물이 연잎에 닿으면 그대로 굴러 떨어지기 때문이다. 이처럼 나쁜 사회 환경에서도 물들지 않는 사람을 연꽃같이 사는 사람이라고 한다.
계향충만(戒香充滿)－연꽃은 진흙탕의 냄새를 없애고 향기를 풍긴다.
본체청정(本體淸淨)－진흙탕에 뿌리 내린 연꽃일지라도 그 줄기와 잎은 푸르고 꽃은 아름답다.
면상희이(面相喜怡)－연꽃의 모양은 둥글고 원만하여 보고 있으면 마음이 편안해진다.
유연불삽(柔軟不澁)－연꽃의 줄기는 부드럽고 유연하다. 바람이나 충격에도 꺾어지지 않는다. 이와 같이 융통성이 있는 사람을 연꽃처럼 사는 사람이라고 한다.
견자개길(見者皆吉)－연꽃은 꿈에만 보아도 길하다고 한다. 많은 사람에게 덕을 베푸는 사람을 연꽃처럼 사는 사람이라고 한다.
개부구족(開敷具足)－연꽃은 피면 반드시 열매를 맺는다.
성숙청정(成熟淸淨)－연꽃이 활짝 피었을 때의 색깔은 참으로 곱다. 사람도 연꽃이 활짝 핀 듯한 인품의 소유자를 연꽃처럼 사는 사람이라고 한다.
생이유상(生已有想)－연꽃은 새싹부터 다른 꽃과 다르다. 넓은 잎에 긴 대, 꽃이 피어야 연꽃인지를 알 수 있는 것이 아니다. 장미나 찔레 그리고 백합과 나리 등은 꽃이 피어야 구별된다. 사람도 어느 곳에서 어떤 모습을 하고 있어도 기품 있는 사람이 있다. 이런 사람을 연꽃같이 사는 사람이라고 한다.

10) 수련 : 오전 10시경에 피었다가 해가 넘어가기 전에 꽃잎을 접는다. 그렇게 잠을 즐기는 꽃이기에 수련(睡蓮)이라 이름한 것이다. 백승훈은 〈잠자는 꽃-수련〉에서 "…(전략)… 물 위에 너른 잎 가즈런히 펼쳐놓고/ 가만히 꽃대를 밀어올려/ 눈부신 꽃을 피우는 수련만은/ 꽃의 시간에도 꼬박꼬박 잠을 잔다./ 잠꾸러기 미녀처럼/ 한낮에 부시시 깨어났다가/ 어둠이 내리기 전 꽃잎을 닫는 수련은/ 질 때도 꽃잎 한 장 함부로 흩어놓는 법 없이/ 고요히 물 속으로 자취를 감춘다./ 결코 서두르는 법 없이/ 자신의 리듬을 잃어버리는 일도 없이/ 고요히 피었다 물속으로 자

다. 다른 꽃보다 늦게 피었다가 다른 꽃보다 일찍 접는다. 그러나 서두르지 않고 함부로 어질러 놓지도 않고 고요히 자취를 감추는 연꽃스러운 모습을 보여준다. 그녀의 삶도 연꽃 같은 마음으로 세상의 모든 것을 포용하면서 그림을 그리고 글을 쓰고 있다. 그래서 그녀의 예술은 작품을 완성함으로써 끝나는 것이 아니라, '작품을 만들어 낼 열정' 만큼이나 '자신의 작품과 관련된 사색적 맥락에서 끊임없이 생각을 거듭' 하고 있다. 희수를 앞두고 쓴 그녀의 글 〈화가의 말〉을 본다.

황금물결 갈대밭을 물들이는 노을처럼/ 나 아름답게 살고 싶었다./ 물감 풀어 자연과의 대화에서/ 나 잔잔한 희열에 마냥 행복했다./ 나의 일상생활을 통해/ 손자손녀에게 정서를 느끼게 하고 싶었다./ 나 오늘 희수를 향해 달려온 생활은/ 정녕 아름답게 늙고 싶었어라./ 억새 물결 속엔/ 누구나 한 번쯤 지나쳐 왔을/ 그리운 속삭임이 있다./ 생을 막아서던 시련과 욕망을 /묵묵히 견디지 않았다면/ 저 낯익은 일상의 고마움을/ 또 그 위로 내려앉은/ 따사로운 오후의 햇빛을/ 사랑할 수 있을까.

– 김문원의 〈화가의 말〉 중에서

예술은 인간 최고의 창조적 산물이다. 그녀의 모든 삶은 예술과 함께 하고 있다. 그만큼 구체적인 삶을 예술로 승화시키고 있다는 말이다. 그녀의 예술은 전통적인 기법과 비엔날레풍의 느낌을 함께 보여주기도 한다. 그것은 이전의 비평적 논의와 상관없이 다양한 예술적 기법을 활용하는 그녀의 예술적 능력을 말해 주고 있다. 그녀의 글 〈수채화를 그리며〉 한 대목을 본다.

내가 그리는 그림은 어느 법칙에서 출발하여 그 법칙에 따르는 것이 아니다. 내가 그리는 형식이 훗날 나의 독특한 형식과 파벌에 평가를 받고 싶은 것이다. 예술은 형식과 법통의 기성적 미술사의 법칙을 따르는 경우가 많을지 모른다. 그러나 내 생각은 다르다./ 어제까지 있어 왔던 무슨 주의 주장이나 미술사적 법통은 낡은 박물관에 소장되어야 하는 것이라고 생각하는 것이 나의 화법의 지론이다. 기존 질서를 벗어나 새로운 예술을 창조한다는 것은 얼마나 가슴 떨리는 희열인가! 나에게는 구상, 반 추상, 추상 사이를 오가는 의식적인 행위는 없다. 오직 나의 자유로운 기법에 의하여 그것을 형상화 시킨다. 소재 자체를 유화가 효과적일 것 같으면 유화를 선택하고, 수채화가 효과적일 것 같으면 수채화를 선택한다./ 대상이 무거운 느낌이나 어떤 사상과 철학적인 분위기가 녹아 있으면 유화로 시작하고, 대상이 낭만적이거나 정서적이면 수채화를 선택한다. 특히 수채화를 그리는 경우는 계절의 영향을 많이 받는다. …(중략)… 맑은 하늘 아래, 산수유 꽃이 아름답게 피어 있는 호반에 앉아 있으면 계절의 유혹에 흠뻑 빠져 들게 된다. 이럴 때 유화는 붓끝이 머뭇거리고 잘 돌아가지를 않는다. 그럴 때는 두 말할 필요도 없이 수채화의 영상이 마음을 사로잡는다. 한적한 호반에 자리를 잡고 맑은 물을 떠다 놓고, 물감을 풀어 붓끝을 움직일 때, 그것이 수채화가 가져다주는 기쁨이 될 것이다./ 그뿐인가 바람결에 멀리서 묻어오는 꽃향기에 즐거움이 더하고, 저만치 숲 속에서 들려오는 호반 새 울음 따라 나의 콧노래가 절로 나온다./ 수채화는 생각하는 그림이라기보다는 노래하는 그림이라고 할 수 있을 것이다. 그렇다면 유화는 지극히 심오하고 사색적일 때 그려지는 그림이라고 말하고 싶다. 오늘 따라 그림으로 못 다한 말을 남기고 싶은 이유는 아마도 계절 탓인가 보다.

– 김문원의 수필 〈수채화를 그리며〉 중에서

그녀는 그림을 그릴 때 어느 법칙을 무조건 따르지 않는다고 했다. 그러면서 훗날 독특한 그만의 형식으로 평가 받고 싶다는 것이다. 예술의 형식에서 기성적 법칙을 따른다든가 무슨 주의 주장이나 법통은 낡은 박물관에 소장되어야 한다는 것이 자신의 지론이라고 했다. 기존 질서를 벗어나 새로운 예술을 창조한다는 것은 얼마나 가슴 떨리는 희열인가! 라고 말한다. 이런 논리는 연암의 사상과 이어져 있음을 알 수 있다. 연암은 예술의 생명은 낡은 수법을 그대로 따르지 말고 새로운 기법을 찾아야 한다고 했다. 그것을 법고창신法古創新[11]이라 했다. 낯설게 하기라는 말이다. 옛것을 바탕으로 하되 새로운 기법을 창출하기 위해 끊임없이 변화하라는 말이다. 그녀의 미술이나 문학 등 예술세계는 이처럼 늘 새로운 길을 찾고 있다.

에머슨Ralph Waldo Emerson[12]도 《문학의 윤리》에서 '끊임없이 변화하라' 고 하면서 "인간은 자명自明의 이치라는/ 맷돌을 열심히 돌리고 있다./ 하지만,/ 거기에서는 넣은 것 외에는/ 아무것도 나오지 않는다./ 그

---

11) 법고창신(法古創新) : 18세기 조선의 실학자이며 대표적인 문인이었던 연암 박지원(1737~1805년)이 주장한 미학사상이다. 옛것을 본받아 새로운 것을 창조한다는 뜻으로 옛것을 바탕으로 하여 변화시킬 줄 알고 새롭게 만들어 가되 그 뿌리를 잃지 않아야 한다는 뜻이다. 박지원은 박제가의 글을 읽고, 그가 선진(先秦)과 양한(兩漢)의 문장을 좋아하면서도 남들이 이미 써버린 낡은 말을 쓰지 않으려 하다가 자칫 뿌리 없는 대로 떨어지기도 하고, 스스로 홀로서기 논리를 세우려다가 지나쳐 빗나가기도 함을 조심하여 "여기창신이고야 무령법고이누야(與其創新而巧也 無寧法古而陋也)" 즉 "새것을 만들려 하다가 잔재주에 빠지기보다는 고전을 본받으려 하다가 낡은 글을 쓰는 편이 낫다"는 뜻을 밝히는 한편 "법고이지변 창신이능전(法古而知變 創新而能典)" 곧 "고전을 바탕으로 하되 바꿔낼 줄 알고 새로 짓되 그 뿌리는 고전에 두어야 한다"고 주장했다. 그러면서 그때 유행하던 중국 고전 문체만 본받으려는 세태를 강력히 거부하고, 옛 글 정신을 살리되, 그 겉모양의 모방이 아닌 창작정신을 이어받을 것을 주장하였다. 이를 줄여서 법고창신이라 했다.

12) 에머슨(Ralph Waldo Emerson, 1803~1882) : 미국의 강연가. 수필가, 뉴잉글랜드의 초절주의를 대표한 인물. 선조들이 이어왔던 목사직을 이어받음. 어머니 루스 해스킨스의 집안은 영국 성공회파였다. 성공회파 작가, 사상가들 중 랠프 커드워스, 로버트 레이턴, 제러미 테일러, 새뮤얼 테일러 콜리지 등에게 영향을 받았다. 1812년 보스턴 라틴어 학교에 입학해서 쓴 시들이 문학적 재능을 인정받았다. 1817년 하버드대학교에 입학하여 쓴 일기가 미국에서 가장 주목할 만한 '정신의 발전' 을 담은 기록이라는 평을 받았다. 1821년 대학을 졸업한 뒤 교단에 섰다가 1829년에 목사가 되었고, 설교자로서 이름을 얻기 시작했다. 1829년 결혼했지만 1831년 그녀가 죽자, 1832년 성직에서 물러나 유럽을 여행했다. 파리에서 자연물의 표본을 진화된 순서대로 배열해 놓은 수집품을 보고 인간과 자연이 영적 교류가 있다는 신념을 갖게 되었다. 영국에서는 새뮤얼 테일러 콜리지, 윌리엄 워즈워스, 토머스 칼라일 등과 만남을 가졌다. 1833년 귀국하여 〈자연(Nature)〉을 쓰기 비롯했으며, 강연가로 이름을 얻었다. 1830년대에 독자적인 문학의 길을 걸었고, 많은 지식인들이 에머슨의 생각을 따랐다. 이때부터 그가 발표한 〈자연〉·〈미국의 학자(The American Scholar)〉 및 〈강연(Address)〉에 공감한 초절주의자들이 모이게 되어 그 대표자가 되었다. 1836년 보스턴에서 〈자연〉이라는 표제를 붙인 95쪽의 소책자를 다른 이름으로 출판하여 초절주의 창시에 기여했다. 그는 자신의 정신적 의문들에 대한 해답을 발견한 뒤 핵심적인 철학을 세웠으며, 그 후 그가 쓴 내용들은 거의 모두 〈자연〉에서 처음 주장했던 사상을 확대·증보·수정한 것이다.

렇지만 관습에 얽매이는 대신에/ 자발적인 생각을 채용하면,/ 그 순간부터 시, 기지, 희망, 미덕, 학식, 일화 등,/ 모든 것이 마구 쏟아져 나와/ 인간을 도와준다"고 했다. 그녀의 예술은 사회적 담론으로서 작품의 내부적 요인보다는 그것이 존재하는 맥락으로부터 오는 것임을 알 수 있다는 평가를 받고 있다. 다시 말해 그녀의 "예술은 작품을 마무리함으로써 끝나는 것이 아니라, 그것을 끝없이 탐구할 수 있는 기폭제의 역할을 한다"는 사실도 알 수 있다. 그것은 작품에 대한 형식적인 인식뿐만 아니라 그 밖의 다른 문화이론 등과 같은 사회적이며 문화적인 담론들까지 예술적 고민을 깊이 하고 있다는 말이다. 한 마디로 그의 예술은 '창작의 의무' 만큼이나 '자신의 작품과 관련된 사색적 맥락에 대해 끊임없이 고민하고 있다' 고 할 수 있다.

가슴 따뜻한 어머니 같은 작가

문원 김규현을 떠올리면 따뜻한 마음이다. 그것을 모성애라고 지칭할 수 있을 것이다. 여성이면 누구나 갖는 모성애지만 그녀에게는 만인의 어머니라는 또 하나의 이름을 얻고 있다는 점이 다르다. 그녀가 초등학교 교직에 있을 때 1학년 담임만을 맡았다는 사실을 생각해 볼 필요가 있다. 철모르는 아이들이 처음으로 부모 곁을 떠나서 학교생활을 비롯할 때 그 빈 마음을 감싸주는 역할이 얼마나 중요한 일인가! 그녀는 그것을 잘했기에 퇴임할 때까지 많은 세월을 1학년만을 맡았을 것이다. 그로부터 수십 년이 지난 지금 옛 제자들이 각계각층에서 크게 성공한 후에도 선생님을 잊지 못해 자주 연락을 주고받으면서 친어머니처럼 따르고 있다는 사실이 그것을 증명해 준다.

영국문화협회가 102개 나라 4만 명에게 '가장 아름다운 낱말' 을 물었다. 그 대답 가운데 첫 번째가 '어머니Mother' 이었다. 어머니는 이렇게 좋은 것이다. 그녀도 자식들로부터 존경받는 어머니로서 대접을 받고 있다. 또 자신을 낳고 길러주신 친정어머니를 잊지 못하고 있다. 그녀의 글

〈가을 하늘〉에서, "내 영혼이 깃든 남쪽 하늘을 바라보면, 가슴 가득히 어머니의 얼굴이 차오릅니다"라는 글에서 친정어머니에 대한 애틋한 그리움이 얼마나 짙게 묻어나고 있다는 것을 알 수 있다. 뿐만 아니라 사랑하는 남편을 낳아서 길러 주신 시어머니를 친정어머니처럼 모셨으며 시어머니 또한 며느리를 친딸처럼 아껴주었다는 사실을 그녀의 글 〈내림 반지〉에서 볼 수 있다.

> 지난 삶을 그림으로 그려낸 듯한 인정어린 얼굴! 창백하고 어린아이 같은 작은 손가락! 이러한 시어머님의 모습이 한꺼번에 내 눈 앞에 다가와 가슴을 뭉클하게 했다./ "어머님이 무슨 돈이 있으시다고 이런 걸 다 사셨어요? 용돈도 모자라실 텐데요……."/ 입으로는 그렇게 말하면서도 어느 사이에 내 왼손가락엔 눈부신 진주반지가 끼워져 있었다. 그리고 나는 연신 손가락을 무용수처럼 예쁘게 펴 보이며 남편에게 큰 소리로 자랑하고 있었다. …(중략)… 올해 여든 다섯 살이신 어머님께서 며칠 후에 있을 며느리의 60회 생일 선물을 미리 준비하신 것이다. …(중략)… 은빛의 우아한 광택을 지녔고, 청순·순결·여성적인 매력의 상징으로서 높이 평가받아 온 보석이라서 전부터 갖고 싶었던 반지이기도 했다. …(중략)… 나는 너무나 감격해서 눈물이 왈칵 쏟아지는 걸 가까스로 참으면서, "어머님 감사합니다. 마음에 쏙 들어요. 잘 간직하겠습니다" 하고 어머님 손을 꼬옥 잡았다. …(중략)… 나는 이 모임에서 제안을 했다./ "우리 어머님께서 주신 이 진주반지를 윤씨 가문의 '내림 반지'로 정하고 윤씨 문중 32대손 석이의 아내가 될 제 며느리에게 물려주고 며느리는 또 다음 며느리에게 내려 주도록 하겠습니다."/ 이 말을 들은 온 가족들은 함께 즐거워하면서 박수로 환영을 했다./ 나는 금비녀와 이 진주반지에 '회천정윤回天正倫'이라는 윤씨 가문의 얼을 담아서 보관하기로 마음 속 굳게 다짐을 했다.
>
> – 김문원의 수필 〈내림 반지〉 중에서

시어머니가 생존해 계실 때 정을 주고받았던 며느리의 모습이 드러나는 글이다. 고부갈등이란 찾아볼 수도 없는 아름다운 모습이다. 그것으로 인하여 파평 윤씨 가문에 새로운 '내림 반지'의 전통을 만들어 낸 슬기를 보여주고 있다. 필자도 그녀를 만날 때마다 막내 이모나 사촌 누나 같은 따뜻한 느낌을 받는다. 그만큼 그녀는 부드럽고 다정다감하며 인간적이고 친화적인 성품을 지닌 대표적인 어머니상을 지니고 있다. 그래서 그녀의 곁에는 언제나 사람들이 모여든다.

사상가 유영모[13]는 "어머니 마음은 지성과 감성의 뿌리"라고 했다. 어미가 새끼를 품는 것은 존재의 핵심에 있던 거룩한 힘이 초의식적으로 움직이기 때문이라는 것이다. 그로 인해 어미와 자식은 함께 지성과 감성이 발달하는 것이며, 세상만물은 오로지 뜨거운 모성애가 있기에 그 지혜와 함께 존재하는 것이라는 것이다. 생존과 번식을 위한 본능에서 모성애는 생명의 근원과 본성이 사랑에서 비롯되고 있음을 알 수 있는 것이다.

유영모의 제자이며, 철학자인 박재순[14]은 "모성애에 대해서 그것은 생

---

13) 다석(多夕)유영모(柳永模, 1890~1981) : 교육자 · 종교사상가. 5살 때 천자문을 배우고 6살 때 통감을 배웠다. 10세에 소학교에 입학 2년을 다니고 다시 한문 서당에 다녔다. 12살 때부터 3년 동안 맹자를 배웠다. 1905년 기독교에 입교하고, 경성일어학당과 경신학교를 수료했다. 1910~12년 오산학교 교사로 있다가 1912년 일본의 도쿄 물리학교에 유학했으며, 종교적 신념에 의해 도중 귀국했다. 1921년 조만식 후임으로 오산학교 교장. 1928년 이후 YMCA의 연경반에서 가르침을 비롯하여 1963년까지 35년간 평생교육을 했다. 1942년〈성서조선〉에 발표한 글로 종로경찰서에 구금되었다. 1955년 이후 〈다석일지〉를 썼으며〈노자〉를 국역했다. 간디와 톨스토이에 깊은 영향을 받았다. 후세 사람들은 다석을 이들과 버금가는 큰 사상가로 우러러보고 있다. 가톨릭대 정양모 교수는 인도가 석가, 중국이 공자, 그리스가 소크라테스, 이탈리아가 단테, 영국이 셰익스피어, 독일이 괴테를, 각각 그 나라의 걸출한 인물로 내세운다면 한겨레는 다석을 들 수 있다고 했다. 다석은 우리말이나 한문 글자 속에 숨어있는 깊은 사상적 뜻을 찾아내서 누구도 따를 수 없는 독창성을 보였다. 도산 안창호, 남강 이승훈, 고당 조만식, 호암 문일평 등과 교류하였고, 김교신, 현동완, 함석헌, 안병욱, 류달영, 유승국, 서영훈, 이기상, 김흥호, 정양모, 박재순, 박영호 등의 스승으로 더 알려져 있다.

14) 박재순 : 충남 논산군 광석면에서 태어났다. 대전에서 초 · 중 · 고등학교를 마치고 서울대학교 철학과에 입학하여 베르그송의 생명철학에 매력을 느끼며 공부했다. 한신대학교에 편입하여 안병무 교수에게서 성서신학과 민중신학을 배우고, 박봉랑 교수로부터 카를 바르트와 디트리히 본회퍼의 신학을 공부했다. 서구 주류 전통 신학자 바르트에게서 복음적인 신학의 깊이를

존을 위한 본능"이라고 말한다. 생명의 근원과 본성은 사랑이기 때문이다. 그러므로 모성애는 아름다운 감성과 맑은 지성의 열매를 영글게 한다. 모성애가 지성과 감성에서 온 것이므로 인간의 예술적 감성과 지성은 사랑에서 나온다는 것이다. 모성애 안에서 감성이 깊어지고 지성이 맑아지기 때문이라는 것이다. 사람은 사랑하기 때문에 마음의 정이 깊어지고 그렇기 때문에 생각하는 존재가 되었고, 자신을 돌아보아 자각하는 주체적 존재가 되었다. "우리말에서 사랑과 생각은 서로 통하고 또 같이 섞여 쓰이기도 한다. 그것은 사랑과 생각은 서로 생명진화사의 깊은 진리로 이어지기 때문이다. 포유류의 모성애는 지성과 감성이 발달해 나온 것이다. 그러므로 인간의 예술적 감성과 지성은 사랑에서 나오는 것이다. 다시 말해 모성애로 인해 감성이 깊어지고 지성이 맑아진다"는 것이다. 결국 그녀의 예술성은 남다른 모성애가 예술의 누리 속에서 더욱 알찬 아름다움을 창조할 수 있도록 해 주었다는 사실을 알 수 있다.

외조로 힘입어 꿈을 펼치는 예술가

그녀의 수필에는 혼탁으로 얼룩진 세태를 맑고 아름다운 세상으로 바꾸고자 하는 마음이 스며 있다. 가난했지만 정이 넘치고 아름다웠던 옛날의 삶을 돌아보면서 가슴이 따뜻한 글을 즐겨 쓴다는 말이다. 다시 말해 추억을 재생적 회상 기법으로 밝게 더듬으며 인생을 관조하는 글을 쓴다. 그녀의 글에는 고향을 사랑하고 고향의 흙냄새와 고향 고유의 정서를 끝없이 아끼는 마음이 담겨 있다. 그의 수필 〈고향 가는 길〉의 한

배우고, 서구 전통 신학을 비판하고 대안을 제시한 본회퍼에게서 신학적인 자유와 영감을 얻었다. 한국신학연구소에서 〈국제성서주석서〉를 번역하면서 당대 최고의 지성인이며, 신학자였던 안병무 박사에게 배울 수 있었던 것은 행운이고 특권이라고 말한다. 대학시절부터 함석헌의 제자가 되어 씨알사상을 배우고 익힐 수 있었던 것이 보람과 사명이었다고 한다. 씨알사상연구회 초대회장(2002~2007)을 지내고 2007년 재단법인 씨알사상연구소장으로서 함석헌과 그의 스승 유영모의 씨알사상을 연구하고 널리 알리는 데 힘쓰고 있다. 그가 쓴 책으로는 《유영모 · 함석헌의 생각 365》, 《함석헌의 철학과 사상》, 《씨알사상》, 《다석 유영모》, 《한국생명신학의 모색》, 《예수운동과 밥상공동체》 등이 있다.

대목을 본다.

고향! 하면 하얀 눈길이 떠오른다. …(중략)… 내 고향은 만덕산이 있어 하얗게 눈산(雪山)으로 하늘 닿아 있을 때가 가장 아름답다. 사람마다 가슴 속에 고향을 담고 살아가고 있다./ 나 역시 평생을 두고, 내 고향 눈산인 만덕산을 가슴에 품고 정신적인 지주로 삼아 살아가고 있다./ 만덕산은 계절 따라 미적美的 감동感動을 달리하고 있다./ 봄에는 진달래 불길로 타올라서 아름답고, 여름에는 짙푸른 녹음 속에 숨어 있는 산삼山蔘의 향기가 비밀스러워서 아름답다./ 가을에는 낙엽 따라 상수리가 구르는 소리의 정겨움을 나는 좋아한다. 특별히 내가 좋아하는 만덕산은, 하얀 눈 속에서, 그 큰 산이 몸을 숙이고 자중자애하는 겸손함이 나를 황홀케 하며, 눈 속 품안에 안기고 싶어지게 하는 군자君子의 모습이어서 좋다./ 만덕산이 눈 속에서 설치지 않는 까닭은 아마도 산 위에 겨울 철새들이 날고 있기 때문이며, 그보다도 산골짝 후미진 구릉마다 눈 속에서 굶주린 산짐승들을 안고 있기 때문이라고 여겨진다. 이 얼마나 어진 군자의 도리인가./ 나는 내 고향 만덕산의 이러한 모습을 좋아하며 또 자랑하고 싶은 것이다./ 나는 고향 가는 눈길을 가장 좋아하고 있다. 내 고향 가는 눈길은, 그림이요, 시詩가 있는 길이다./ 어머니가 내 손을 따뜻한 입김으로 후후 불어 주시며 함께 걷던 모정母情의 길이요, 아버지께서 만덕산의 전설을 들려주시던 역사의 길이요, 우리 형제들이 눈싸움을 하면서 잔정이 쌓인 길이기에 나에게는 잊을 수 없는 고향길인 것이다.

– 김문원의 수필 〈고향 가는 길〉 중에서

이 〈고향 가는 길〉에는 사물이나 세상살이 이야기는 들어 있지 않다. 다만 만덕산, 하얀 눈길, 진달래, 설경, 눈산(雪山), 상수리, 겨울 철새, 산골짝, 산짐승 등 말이 없는 자연현상을 작가의 의식과 더불어 그려내고 있다. 필자는 이 글을 읽으면서 그 어떤 기쁨을 맛보았다. 그것은 모습도 불분명한 가운데 자연현상의 굽이마다에서 넘쳐나는 것처럼 나도 모르게 느껴지는 기쁨이었다. 결국 인간정서에서 느낄 수 있는 기쁨은 얻고, 만나고, 이루어지는 데에서 오는 것이다. 김문원의 수필을 읽으면서 느끼게 되는 기쁨은 그녀의 수필이 인간의 욕망이나 성정性情과는 아무런 연관이 없는 법열法悅의 기쁨이라고 생각했다.

에릭프롬Erich Fromm[15]은 기쁨(喜悅)과 선善과 덕德을 같은 뜻으로 보았다. 그러면서 "돈이나 지위나 권위 등을 더 가지려는 소유 욕구는 기본적인 생명을 유지하는 선에서 중지해야 한다고 하였다. 그것은 이웃들과 더불어 살아가는 데서 보람을 찾아야 한다는 말과 같은 뜻이다. 이웃을 내 몸처럼 아끼면서 인술을 펼치고 있는 남편의 외조가 주는 심리적 현

---

15) 에릭프롬(Erich Fromm, 1900~1980) : 독일 태생. 심리학자, 정신분석학자. 사회철학자. 인간의 심리와 사회적 상호작용을 탐구했으며, 문화의 병폐를 고치는 데 정신분석학의 원리를 적용하여 심리적으로 균형 잡힌 '건전한 사회' 를 만들 수 있다고 믿었다. 1922년 하이델베르크대학교에서 박사학위를 받은 뒤, 뮌헨대학교와 베를린의 정신분석연구소에서 정신분석을 공부했다. 지크문트 프로이트의 영향을 받았으나 그가 무의식적 충동을 강조함으로써 인간 심리에 대한 사회적 요소의 역할을 경시하는 태도에 반대하여, 개인의 인성을 생물학적 조건뿐만 아니라 문화의 산물로 규정했다. 프롬은 1933년 나치 치하의 독일을 떠나 미국으로 망명할 즈음 정신분석학자로서 이름을 얻었다. 미국에서는 정통 프로이트 학파와 대립하게 되었다. 1934~41년 컬럼비아대학교의 교수를 지내는 동안 그의 견해는 뜨거운 논쟁을 일으켰다. 이후 여러 대학에서 강의하면서 정신분석학 연구에 몰두했다. 프롬은 인간의 근본 욕구에 대한 이해가 사회와 인간 자체를 이해하는 본질이라고 했다. 그는 사회체계로 인해 개인의 심리적 욕구와 사회의 욕구가 동시에 충족되기 어렵기 때문에 개인과 사회 간에 갈등이 생긴다고 했다. 최초의 주저인 《자유로부터의 도피(Escape from Freedom)》(1941)에서 중세에서 현대에 이르는 인간의 자유와 자각의 발전을 도식화하고, 정신분석학적 방법을 이용하여 현대의 해방된 인간이 나치즘 같은 전체주의로의 회귀를 통해 새로운 피난처를 구하려는 경향을 분석했다. 또 《건전한 사회(The Sane Society)》(1955)에서는 현대인이 소비지향적인 산업사회에서 소외당하고 자기 자신으로부터 멀어졌다는 이론을 폈다. 각 개인이 사회적 동료로서의 하나가 되어 소속감을 유지하는 동시에 자신의 개인적 욕구를 만족시킬 수 있는 새롭고 완전한 사회에서 새로운 자각을 얻을 수 있어야 한다고 주장했다. 인간본성 · 윤리학 · 사랑에 대한 방대한 저작은 많은 관심을 끌었다. 또한 프로이트주의 · 마르크스주의 · 정신분석 · 종교 등에 대한 비판적인 저서를 집필했다. 주요저서는 〈자조적 인간(Man for Himself)〉(1947), 〈정신분석과 종교(Psychoanalysis and Religion)〉(1950), 〈사랑의 기술(The Art of Loving)〉(1956), 〈인간은 우월한가?(May Man Prevail?)〉(스즈키 다이세쓰[鈴木大拙], R. 드 마르티노와 공저, 1961), 〈환상의 사슬을 넘어(Beyond the Chains of Illusion)〉(1962),〈희망의 혁명(The Revolution of Hope)〉(1968), 〈정신분석의 위기(The Crisis of Psychoanalysis)〉(1970) 등이 있다.

상이 크게 한 몫을 하고 있다는 것을 알 수 있을 것이다.

부군 윤자헌 박사는 일찍이 서울의대를 졸업하고 마포구 합정동 큰길에서 조금 떨어져 있는 옛 마을에 새서울의원의 문을 열었다. 그리고 그곳을 떠나지 않고 이웃을 위해 선善한 인술을 베풀고 있다. 좀 더 번화한 곳으로 나가 큰 병원을 차리라는 권면도 많았지만 정든 이웃들과 더불어 살면서 의사로서의 사명을 다하겠다는 것이다. 선과 덕과 기쁨은 같은 뜻으로 쓰인다고 앞에서 밝힌 바 있다. 그런 현실에서 좋은 글을 쓰고 아름다운 그림을 그리고자 애쓰는 그녀의 글과 그림이 만인에게 기쁨을 주는 것은 당연한 이치일 것이다.

동양 종교에서는 만물을 정신적 현상의 결과라고 생각한다. 찰나는 순간을 벗어나는 '지금' 이며 그것은 곧 '찰나적 정신' 이다. 이 때 기억되는 추억을 '개아' 라 한다. 그것은 자신의 눈높이에 따라 '지금' 의 현상을 얻으려 하거나 모른 척하는 것을 말한다. 그러나 얻으려고 애쓰면 '찰나' 는 사라지고 만다. 그것을 알지 못하므로, 얻으려는 욕심만 더 커지니 선의 반대 현상이 일어난다. 그것을 집착이라 한다. 그것을 버리고 원인과 실체를 깨닫게 되면, 만상에 펼쳐지는 환희를 맛볼 수 있게 된다. 이것이 그녀가 갈망하는 '해탈심解脫心', 또는 '열반락涅槃樂' 이며 선善이다.

그녀는 선을 베푸는 부군과 함께 이웃들과 더불어 정을 나누며 마음껏 예술의 꿈을 펼쳐가고 있다. 그의 글을 읽으면서 기쁨을 느낄 수 있는 이유가 여기에 있는 것이다. 중용中庸[16]에 심재불언이면 시이불견(心在不

16) 중용(中庸) : 유교사상에 의한 윤리적 사상의 한 개념이다. 어느 쪽에도 치우치지 않아야 한다는 뜻이 강하다. 서경에서는 요 · 순 · 우 · 탕으로 이어진 중국 고대 제왕의 정치의 기본 이념이었다. 〈논어〉 · 〈맹자〉에서도 〈서경〉과 같은 뜻으로 여긴다. 중(中)이란 "희로애락 등의 감정이 아직 일어나지(發)않은 상태의 내면적 마음을 뜻하며, 용(庸)은 이미 촉발된 정(情)이 중에 의해 조절된 상태를 화(和)"라고 했다. 이러한 중화의 상태에 이르려는 수양의 방법으로 신독(愼獨)을 제시했다. 사서 중의 중용은 성(誠)의 개념을 다루고 있다. 만물의 근본은 이법을 따르고 이 이법은 성이라는 원리에 지배된다. 성하면 모든 것을 투지하는 통관하는 원리가 세워지는 것이다. 중용은 일반적으로 공자의 손자인 자사가 지은 것으로 추정하지만 불확실하다. 우주론적인 체계를 잘 담고 있다고 하는 것이 중용이다. 논어 맹자가 인간 심성을 바탕으로 현실 속에서 구

言 視而不見)이라는 말이 있다. '마음에 있지 않으면 보아도 보이지 않는다' 는 뜻이다. 그것은 사물을 볼 때 'See(見)' 가 아닌 마음의 눈 'Look(看)' 의 자세로 보아야 한다는 말이다. 삶을 아름답게 그려내기 위해서는 인생을 진솔하게 보는 눈이 있어야 한다. 그렇게 쓴 글을 읽으니 기쁨을 느낄 수 있을 것이다. 문학은 주정적인 경험의 독백(표현)이기 때문이다. 그러므로 살아있는 예술 더욱이 좋은 수필을 쓰기 위해서는 만인이 공감할 수 있는 그 어떤 체험이 필수 요건이다. 실존주의 신학자 마르셀G Marcel[17]은 체험의 마당이 다르면 삶의 모습과 이론적인 바탕의 자료도 전혀 다르게 나타난다고 말했다. 만물 가운데 문화적 정신적 가치를 지닌 유일한 존재는 오직 인간뿐이다. 지성에 의한 사고능력은 인간만이 가지고 있기 때문이다. 그러므로 인간만이 의지에 의한 도덕적 행위와 정감에 의한 아름다움을 나타낼 수 있는 예술적 활동을 누릴 수 있다. 그것은 곧 진眞 선善 미美 성聖의 문화 가치를 만들어낼 수 있는 능력

현되는 구체적 덕목들의 예화를 보여준다면, 중용, 그리고 대학 같은 유교경전은 우주론적이고 형이상학적인 우주 질서를 보여주고 있다. 중(中) 이라는 것은 만물이 한 자리에 머물러 있는 본체의 상태를 말함이요, 용(庸)이라고 하는 것은 모든 것이 그 쓰임과 본래의 가능적인 상황을 잘 구현하고 있는 탄력성 있는 상태를 말한다.

17) 마르셀(Marcel, Gabriel. 1889~1973) : 프랑스 실존주의 철학자, 교수, 극작가, 평론가, 희곡작가. 그의 작품은 인간의 인격과 자유와의 연관 지어 철학적으로 전개시키고 있다. 그의 철학은 체계적 형식을 취하지 않고 실존적 체험의 자유로운 기술로써 이루어지고 있다. 즉 주체적 실존과 객체적 존재는 근본적으로 다른 존재 차원을 갖고 있으나, 양차원의 교차점이 바로 '나의 신체' 라고 한다. 신체는 곧 '나' 인 동시에 '그것' 이기 때문에 육화(肉化, incarnatio)의 신비를 체험하고 문제에 도달한다. 문제는 객관적 시야에 대해서 신비는 "나가 참여하고 있는 무엇인가?" 이고, 이 같은 신비를 현상학적 반성에 의해서 기술하는 것이 형이상학의 방법이 아닐 수 없다. 자신의 구체적 상황을 해명했을 때, 인간은 우선 파멸당하여 본래의 생명을 절단당하는 것처럼 느낀다. 그러나 인간이 자기를 초월했을 때, 즉 자신을 절대자와 결합시키는 초월상태에서는, 이 생명을 발견하며 동시에 자기 자신을 자각한다. 이렇게 해서 실존은 불안이나 비애보다는 희망 · 환희 신앙으로 특징지어진다. 그의 희곡은 이러한 그의 인생관으로부터 이루어진 것이지만, 단순한 이념의 표현수단이라고만 볼 수 없다. 기법상으로는 입센(Ibsen), 사상적으로는 니체(F. Nietzsche), 도스토예프스키 및 베르그송(H. Bergson)으로부터 영향을 받았다. 주요 작품은 《La grace》(1911), 《Un homme de Dieu》(1925), 《Journal metaphiysique》(1927), 《Etre et avoir》(1935), 《Le mystere de l' etre》(1951) 등이 있다. [참고문헌] M. Bernard, La philosophie religieuse de G. Marcel. Etude critique, Paris 1952.

을 말하며 곧 올바른 도道[18]에 이르는 길이다.

아름다움을 찾아 끊임없이 변화하는 예술가

사람들은 나이가 들어가면서 삶이 편해지고 익숙해지면 새로운 일을 꺼리게 된다. 그렇게 되면 정신과 육체가 무뎌지고 정신적 활동이 줄어들게 된다. 그러다가 모든 것이 멈추어 버리게 된다. 헤겔은 이것을 "인간은 습관에 젖어들면 결국 죽음에 이르게 된다."고 말했다. 안토중천安土重遷[19]이라는 고사성어가 그 말을 대신한다. 날로 새롭게 바뀌어가지 않으면 안 된다는 말이다. 위衛나라의 철인 재상 거백옥遽伯玉[20]은 말했다.

---

18) 도(道) : 현세(물질계)에서는 어질고 너그러운 행실, 덕스러운 품성. 완성된 인격과 덕망을 말한다. 나아가 육체(뇌 : 생각)가 아닌 차원 높은 원래적인 나의 실제 모습(실제 몸, 본체)의 본마음으로 들어가 처음부터 내 마음속에 심어 놓은 선과 악(잘, 잘못)을 바로 아는데 큰 뜻이 있다. 이로 인해 참된 삶(참행복)의 이치를 알게 되고 바르게 살아가는 법을 깨우치게 된다. 나 자신의 모든 구속(윤회, 輪廻)에서 벗어나 자유로움에서 영원한 참 행복을 누리는 데에 도의 목적이 있다. 많은 사람들은 도의 정의와 개념, 기준도 모르면서 구도의 길을 찾아 고행하고 있다. 잘못하다가는 외도나 사도, 또는 사행의 길로 가게 된다. 그들은 그것이 정도로 착각하고 스스로 악을 심어(쌓아) 놓는 결과를 낳게 된다. 특히 외도나 사도의 특징은 아집이 강하다는 사실이다. 심지어 자신이 어떻게(잘, 잘못, 선, 악) 살아왔는지도 모르면서 남의 삶을 가르친다는 모순에 빠진다. 또한 자신의 삶이 아닌 다른 곳에서 도를 찾으면서 그것이 참도로 착각하는 경우도 있다. 결국은 외도나 사도는 무의식, 잠재의식으로는 전혀 알 수가 없는 것이다.

19) 안토중천(安土重遷) : 한서 원제기(元帝紀)에서 나온 말이다. 원제(元帝. B.C. 48~B.C 33)가 말했다. "고향을 편안하게 여겨 거처를 옮기는 것을 달가워하지 않는 것은 백성들의 일반적인 경향이고, 혈육들끼리 서로 모여 의지하는 것 역시 사람들이 원하는 바다."(安土重遷 黎民之性 骨肉相附 人情所願也.) 사람들은 살던 곳이 익숙해지면 떠나기를 꺼리는 것이고 하던 일에 익숙해지면 다른 일은 하기 어렵거나 하려고 하지 않는다. 사람은 새롭고 편리한 제도나 도구가 나와도 옛날부터 손에 익숙한 일에 대한 미련을 쉽게 버리지 못한다. 물론 전통을 지키고 계승하는 장점도 있고 경우에 따라 그렇게 해야 할 일도 있다. 그러나 무작정 옛것만 묵수(墨守)하는 태도는 역사 발전이나 문화 창달에 도움이 되지 못할 때도 있다. 변화를 두려워하지 말고 새로운 것에 대해 적극적으로 도전하는 자세도 필요한 것이다安土重迁[ān tǔ zhòng qiān]安土重迁意识与封建宗法制度相互结合，也就形成了中国封建社会特为稳定的社会基础。土地分配不足，安土重迁观念的影响，掠夺性耕作方式导致的土地盐碱化等，使移民返迁比率较高。巢文化作为一种具有独立个性的区域文化是在漫长的历史时期逐步形成的，其主要特征可以概括为："义不朝商"的忠义品格；安土重迁的内敛与聪慧；兼容并蓄中的宽纳与包容。

20) 거백옥(遽伯玉) : 춘추 때 위나라 대부. 이름은 원(瑗), 자 백옥(伯玉). 기원전 559년 위헌공 18년에 그 신하에게 쫓겨나자 그도 다른 나라로 떠났다. 훗날 위나라에 다시 돌아와 위상공, 위양

"행년 오십이지 사십구비 육십이 육십화(行年 五十而知 四十九非 六十而 六十化)"라고. 50이 넘고도 새로운 일을 시작할 수 있는 사람은 몇 살이 되더라도 신선하고 발랄한 사람이다. 60이 되더라도 그만큼 새롭게 변화해야 한다. 다시 말해 나이가 들어가더라도 언제나 신선하고 유연하게 살아야 한다는 것이다. 그것은 마치 새우와도 같은 삶을 말한다. 새우는 살아 있는 한 껍질(皮角)을 벗는다. 껍질을 벗지 않으면 딱딱해서 죽고 만다. 살아있는 새우가 언제나 신선하고 유연한 이유가 여기에 있다.

거백옥이 살았던 때는 50세이면 매우 많은 나이였다. 그래도 그는 새로 시작할 수 있었던 사람이었다. 그런 사람이었기에 "육십이 육십화(六十而 六十化)"라고 말하면서 날로 새로워져야 한다고 했다. 요새 나이로는 백 살 정도가 되어야 당시 60살 쯤 될 것이다. 앞서가는 이의 남다른 모습이다

독수리는 40년이 지나면 날개가 무거워지고 먹이를 사냥하기 힘이 들 정도로 발톱이 무뎌지고 부리가 굳어진다. 이때 독수리는 산꼭대기에 올라가 발톱과 날개의 깃털을 모두 뽑아낸다. 그리고 바위에 부리를 찍어 없애는 데 생살을 뜯어내는 그 아픔은 말로 다할 수 없다. 그리고 새로운 부리와 발톱이 날 때까지 굶주림과 폭풍 등 자연과 싸우면서 거의 반년

공을 도우며 어진 이름을 얻었다. 영공이 서자 사어(史魚)의 추천으로 다시 조정에 나와 영공의 아낌을 받았다. 오나라의 계찰(季札)이 중원을 여행하다가 위나라에 들러 "거백옥이야말로 군자로다!"라고 말했다. 공자와 깊은 만남을 가졌고, 논어 헌문(獻文) 26편과 위영공 6편 등에 나온다. 공자는 위영공 6편에서, "군자로다, 거백옥은! 나라에 도가 있을 때는 벼슬에 나아가고, 도가 없을 때는 거두어 물러나는구나!(君子再擧伯玉. 邦有道 則仕. 邦無道 則可卷而懷之)"라고 하였다. 거백옥의 '그럴 수도 있고 그렇지 않을 수도 있다(然與然)' 라는 글에서 이렇게 노래했다. "거백옥은 지난 육십 년 동안 육십 번 변했다./ 미상불 시작은 옳다고 했으나/ 끝에는 버리면서 그르다고 했다./ 지금 옳다고 하는 것을/ 오십구 년 후에는 그르다고 할는지 아무도 모른다./ 만물은 모두 그 생명을 가지고 있으나 그 뿌리는 볼 수 없다./ 출현한 것은 있는데 그 문은 볼 수 없다./ 그런데 사람들은 자기 지혜가 알고 있는 것을 존중할 뿐,/ 자기 지혜가 알지 못하는 것(생명)을 믿을 줄을 모른다./ 그렇다면 지식이란 가히 큰 의혹이라고 말해야 옳지 않을까?/ 그만두어라! 그만두어라! 이 또한 도망할 곳이 없다./ 이것이 이른바/ '그럴 수도 있고 그렇지 않을 수도 있다"는 것이다. * 기세춘 옮김, 《莊子 雜篇 則陽》(서울, 바이북스, 2008, pp. 532~

동안이나 아픔의 나날을 보낸다. 그렇게 새로운 모습으로 다시 태어나 3,40년을 더 산다. 환골탈태인 것이다. 김문원의 삶과 예술세계가 바로 이런 삶이다. 지아비의 아내요 며느리이며, 자식들의 어머니인 주부로서 모든 어려움을 다 이기고 화가와 문사의 두 날개를 펼치면서 유연하고 신선하고 아름다운 예술 활동을 펴나가고 있다는 것은 아무나 할 수 없는 일이다. 〈푸른 물감으로 내 마음 물들이면서〉라는 글을 본다.

미국의 모리스할머니 이야기를 들 수 있다. 그는 평범한 시골 주부로 75세에 붓을 들어 그림을 시작하였다고 했다. 101세에 사망할 때까지 그림을 그려 미국의 국민화가로서 유럽, 일본, 세계 각국에서 전시회를 열었고, 투르먼 대통령이 여성 플레스클럽상을 선사하고, 뉴욕지사 록펠러가 그의 100일째 생일을 모리스할머니 날로 선포하기까지 빛을 남겼다고 하지 않았던가. 나는 그 놀라운 열정에 힘입어 용기를 내어 화실을 찾게 되었다. 화우畵友들과 이런저런 이야기꽃을 피우며 물감 풀 때면 마냥 즐겁고 행복했다./ 봄이면 제비꽃 민들레 아름다운 생명을 담아 화폭에 옮기던 지나간 시간들이 지금도 마음에 부시다./ 세월의 속도는 마음의 속도를 따라간다고 생각한다. 조급하게 살면 한없이 모자라지만, 느긋하게 따라가면 넉넉한 것이 우리 인생이 아니던가./ 물감을 풀어 그림을 그릴 때마다 나는 먼저 내 마음을 물들인다./ 꽃빛, 하늘빛, 환하고 예쁜 색색으로 마음을 물들일 때면, 마치 내 인생을 아름답게 물들이고 있음이다./ 석양에 화판을 들고 가을 나들이에 나서면 저만치 황금물결 갈대밭을 물들이는 노을이 하도나 아름다워 그 노을처럼 살고 싶다는 깊은 상념에 빠져들기 일쑤였다. 갈대밭 이랑에는 살면서 누구나 한 번쯤 토하고 싶은 아픔이 출렁이고 있는 듯싶기도 했다./ 어느덧 20여 년, 푸른 물감으로 내 마음 물들이면서 열심히 달려온 오늘, 돌아보니 한나절 햇살보다 짧다.

– 김문원의 수필 〈푸른 물감으로 내 마음 물들이면서〉 중에서

그녀는 봄이면, 제비꽃 민들레 등 아름다운 꽃들을 화폭에 담아 옮기던 지나간 시간들이 지금도 마음에 부시다고 하였다. 그러면서 세월의 속도는 마음의 속도를 따라간다는 것이다. 조급하게 살면 한없이 모자라지만, 느긋하게 따라가면 넉넉한 것이 우리 인생이 아니던가. 물감을 풀어 그림을 그릴 때마다 나는 먼저 내 마음을 물들인다. 꽃빛, 하늘빛, 환하고 예쁜 색색으로 마음을 물들일 때면, 마치 내 인생을 아름답게 물들이고 있다고 했다.

그러면서 "인사동에서 희수전喜壽展을 가졌다. 경인미술관 뜨락엔 예쁘게 물든 나뭇잎들이 떨어져 있어서 한결 가을 분위기를 자아내고 있었다. 제1전시실 입구에 놓인 방명록엔 그리운 이름들의 손길로 이어진 분에 넘치는 찬사의 말과 격려의 글들로 한 장 한 장 귀하게 채워졌다./ 지금 생각하면 얼마나 다행스러운 일이었던가. 새삼 나의 노후 생활의 선택에 뜨거운 박수를 보내고 싶다./ 우리 집 거실에도 내가 그린 수채화 한 점이 항상 환하게 반기고 있다. 이젠 일상에 감사하며 가족과 소중한 이웃과의 우정이 가을 햇살처럼 오래오래 깊은 여운으로 익어가기를 바랄 뿐이다./ 앞으로도 계속 푸른 물감으로 내 마음 물들이면서 푸르게 아름답게 살리라."라고 쓰고 있다.

그녀의 예술세계는 그 회화적 깊이와 종교적 수양으로 다듬어진 정신세계가 한국적인 정서와 이어지고 있다. 조용히 자연을 관조하면서 응축된 생명의 질서를 정중동靜中動의 정서에 담아 예술로 발돋움시킨다는 말이다. 그것은 평소 조그마한 충격과 희열까지도 예술에 접맥시킬 수 있는 탁월한 능력을 지니고 있기에 가능한 것이다. 따라서 그녀는 빛과 색의 조화를 바탕으로 차가운 추상보다는 아름다운 감성으로 글을 쓰고 그림을 그리면서 문원 예술의 꽃을 피우고 있는 것이다. 언제나 소녀 같은 마음으로 산이 좋아 산을 찾는 그녀의 수필 〈산〉의 한 대목을 본다.

산은 우리 인간이 도저히 따라갈 수가 없는 것이다. 털끝만큼도 흉내내기

조차 어려운 경지인 것이다. 이러한 매력 때문에 나는 산에 대한 사랑을 그림으로 나타내려고 끊임없이 노력하고 있다. 하지만 나는 필력이 모자라서 산에 대한 그림이 산 옆에도 가기 힘든 지경이다./ 그러나 어쩌랴! 산에 대한 존경심과 흠모하는 태도로 산에 대한 그림을 열심히 그리고 있는 처지인 것을……./ 저 높은 곳을 향하여 나의 꿈을 펼치듯 산을 그리면서 내 마음에 산심을 담아본다. 내 몸으로 산 냄새를 풍겨 보는 경지에 이르기를 소원해 보며 행복을 느끼고 있다./ 산은 평소에 나를 가르치고, 인도하고 있다.

– 김문원의 수필 〈산〉 중에서

산을 자주 찾으면서 자연의 형상을 보다 가까이 투사시키기 위한 발상은 생명의 발현을 위한 원초적 사유를 표출시키고 싶기 때문일 것이다. 작가로서 그녀의 말은 겸허하다. "언제부터인가 덧없이 지나와 버린 날들에 대한 허전함으로 가슴이 텅 비어 버렸다. 이때 예술만이 나의 전부라고 생각했다. 서둘지 않고 천천히 그러나 온 힘을 다해서 예술의 길을 걸을 것"이라고 말하는 그녀는 모든 이들에게 마음에 평안과 행복감을 가져다주고 있다. 그녀의 글 〈아름답게 늙고 싶다〉의 한 대목을 본다.

숱하게 많은 취미생활 가운데 왜 하필이면 그림이냐고 묻는다면 나는 선뜻 대답하겠다./ 아름다운 색의 조화를 창출하는 작업이야말로 색채감에서 느끼는 풋풋한 젊음을 만끽하기 때문이라고. 그것이 바로 아름답게 늙어가는 과정이 아니겠는가!

– 김문원의 수필 〈아름답게 늙고 싶다〉 중에서

21) 횔더린(Friedrich Höllderlin, 1770~1843) : 독일 출생. 고향과 영혼과 깨달음에 관한 시를 썼고, 철학자 하이데거는 그의 저서 《횔더린의 시의 해명》에서 최고의 시인이라고 격찬했다. 그의 대표작 〈고향〉(프리드리히 횔더린)을 본다. "뱃사람은 즐거이 고향의 고요한 흐름으로 돌아간다./ 고기잡이를 마치고서 섬들로부터 그처럼 나도 고향에 돌아갈지라/ 내가 만일 슬픔과 같은 양의 보물을 얻는다면/ 지난 날 나를 반기어 주던 그리운 해안이여,/ 아아, 이 사랑의 슬픔을 달래 줄 수 있을까./ 젊은 날의 내 숲이여 내게 약속할 수 있을까./ 내가 돌아가면 다시 그 안식을

독일의 천재시인 횔더린Hö llderlin[21]은 선배인 실러Schiller[22]에게 보낸 글에서 알키비아데스Alkibiades[23]와 소크라테스Sokrates와의 문답 형식을 들어 아름다움을 예찬했다. 소크라테스는 아름다운 것은 생명력과 같다고 했다. 또 진정한 아름다움을 사랑하는 사람은 마음이 깊고 지혜로운 사람이라고 했다. 그러므로 아름다움 앞에서는 신을 대하듯 경건하게대한다고 했다. 아름다움의 가치를 얼마나 높이 평가하고 있는지를 이해할 수 있는 사실이다. 아름다움은 꿈과 평화를 가져다주는 생명수이며 그것

주겠노라고./ 지난 날 내가 물결치는 것을 보던 서늘한 강가에/ 지난 날 내가 떠가는 배를 보던 흐름의 강가에/ 이제 곧 나는 서게 될지라 일찍이 나를/ 지켜 주던 내 고향의 그리운 산과 들이여./ 오오 아늑한 울타리에 에워싸인 어머니의 집이여/ 그리운 동포의 포옹이여 이제 곧 나는/ 인사하게 될지라, 너희들은 나를 안고서/ 따뜻하게 내 마음의 상처를 낫게 하리./ 진심을 주는 이들이여, 그러나 나는 안다. 나는 안다./ 사랑의 슬픔 그것은 쉽게 낫지 않는다는 것을./ 사람들이 위로의 노래 부르는 요람의 노래는/ 내 마음의 이 슬픔을 어루만져 주지는 못한다./ 우리에게 하늘의 불을 주는 신들이/ 우리에게 신성한 슬픔도 보내 주셨으니/ 하여 슬픔은 그대로 있거라. 지상의 자식인 나는/ 모름지기 사랑하기 위해 또 슬퍼하기 위해 태어났느니라."

22) 프리드리히 폰 실러(Schiller Friedrich von, 1756~1805) : 독일의 시인. 극작가 1781년 군의관 복무 중 최초의 희곡 〈군도—軍盜〉가 만하임극장에서의 초연하여 크게 성공했다. 그러나 필화로 퇴직 방랑생활을 하다가 1789년 예나에서 철학교수, 1794년부터 괴테와의 교분으로 괴테와 함께 〈크세니엔(Xenien)〉을 집필했다. 〈돈 카를로스〉는 장편이면서 운문형식으로 쓰인 그의 첫 번째 정치적 비극이다. 이어서 정치적 현실주의자를 다룬 비극이며 강한 이상주의적 경향을 띈 3부작 〈발렌슈타인〉이 발표했고, 〈마리아슈트아르트〉, 〈올레앙의 처녀〉, 〈메시나의 신부〉를 잇달아 발표했다. 〈빌헬름 텔〉은 국가적 자유이념을 형상화했다. 〈데메트리우스〉는 미완성작품이다. 실러의 발라드들은 윤리성을 띄고 있다. 실러의 세계관이 담겨있는 모범적 장시(長詩)들, 〈예술가들(die Künstler)〉, 〈산보(der Spaziergang)〉, 〈이상과 인생(das Idea und das Leben)〉은 삶과 예술의 문제들을 다루고 있다. 칸트의 영향이 엿보이는 철학적 논문들은 자연과 정신의 긴장과 화음을 추구하고 있다. 진과 선을 내포하고 있는 미는 지고의 법칙이 되고 있다. 괴테와 더불어 독일 고전문학의 쌍벽으로 이상주의적 색체가 풍기는 시인이기도 하다.

23) 플라톤의 〈알키비아데스(Alkibiades) I, II〉 : 소크라테스의 '너 자신을 알라' 는 말의 뜻을 제대로 살필 수 있는 글이다. 이 대화편은 알키비아데스가 막 정치에 입문하려는 때를 시점으로 잡고 있다. 이런 알키비아데스에게 철학적 깨달음 없이 정치를 하려는 것은 옳지 않은 일이라는 점을 말하고 있는 글이다. 이런 논의를 진행할 때 소크라테스가 말한 '너 자신을 알라' 라는 글귀와 함께 소크라테스의 주장과 그 모습이 자세하고 적극적으로 그려지고 있다. 그러나 소크라테스의 대화편 중에서 알키비아데스 I편과 II편은 근대에 이르러 진위논쟁을 겪고 있다. 그러나 소크라테스의 철학사상의 핵심적인 부분이 모아져 있고 플라톤의 다른 대화편과 일관되고 있어 플라톤 철학의 입문서로 손색이 없다는 평판을 받고 있다.

은 진실과 통하기 때문이다.

원형갑은 이런 마음 상태를 보는 "시력視力에 가치판단의 정신적 기능이 쉬고 있다"고 했다. 그것은 이러한 특이한 '현상학의 철학'을 '현상학적 환원' 또는 '현상학적 판단중지', 또는 '괄호작용括弧作用'이라고 했다. 따라서 현상학자로 성공한 사람은 횔더린과 릴케[24] 등의 문학을 해설

24) 라이너 마리아 릴케(Rainer Maria Rilke, 1875~1926) : 시인. 본명은 르네 마리아 릴케였으나 루 안드레아스 살로메의 권유로 르네를 라이너로 고쳐 부름. 그는 1875년 프라하에서 태어났다. 병약한 유년 시절을 보냈으며 육군학교에 입학했으나 중퇴한 뒤 시를 쓰기 시작, 열아홉 살에 첫 시집을 출판했다. 뮌헨대학을 졸업할 무렵 루 안드레아스 살로메를 알게 되었는데, 그녀는 외부 세계와 접촉하는 데 참다운 안내자 역할을 해준 정신적 후원자였다. 이후 조각가 로댕의 문하생인 베스토프와 결혼했으나 경제적인 어려움 때문에 불화가 생겼고, 《로댕론》을 집필하려고 번갈아가며 파리에 머물면서 별거 생활을 시작했다. 이탈리아를 여행하고 르네상스 회화에 눈을 뜨며 루 살로메에게 보내려고 쓴 《피렌체 일기》, 체코 민족 독립운동에 공감을 표한 단편집 《프라하의 두 이야기》, 루 살로메와 동행한 두 차례의 러시아 여행을 토대로 쓴 《시도서》, 로댕의 영향으로 강한 조형성이 드러난 《새 시집》, 하이데거 등이 자주 철학적 고찰의 대상으로 삼은 《오르페우스에게 바치는 소네트》를 비롯해 《형상 시집》, 《두이노의 비가》 등 다수의 작품이 있다. 말년에 병고에 시달리면서도 폴 발레리, 앙드레 지드 등 많은 프랑스 문인과의 교류했다. 1926년 백혈병으로 죽었다. 릴케에 대해서 「마르틴 하이데거」는 "라이너 마리아 릴케는 모든 시인 중의 시인이다"라고 말했고, 「슈테판 츠바이크」는 "독일에서 '시인'이라고 말할 때, 우리는 릴케를 떠올린다"라고 말했다.

25) 하이데거(Heidegger, Martin. 1889~1976) : 20세기 독일의 실존철학자. 프라이부르크대학에서 E.후설에게 현상학을 배웠다. 1923년 마르부르크대학 교수, 28년 후설의 뒤를 이어 프라이부르크대학 교수, 33~34년 총장을 지냈으나, 제2차 세계대전 중에 나치스에 협력하였다는 이유로 한때 추방되었다가 복직하였다. 사색의 대부분은 슈바르츠발트의 산장에서 이루어졌다. 전체 구상의 전반부에 해당하는《존재와 시간;Sein und Zeit》(1927)이라는 저서로 이름이 알려졌다. 여기에서, 존재를 이해하는 유일한 존재자인 인간(현존재)의 존재(실존)가 현상학적 · 실존론적 분석의 주제가 되고, 현존재의 근본적인 존재규정인 '관심'의 의미가 '시간성'으로서 확정되는 데서 끝맺고 있다. 그는 《존재와 시간》의 주제인 '존재'와 '시간'의 관계로 되돌아가 현존재의 시간성을 실마리로 해서 존재의 의미를 시간에 의하여 밝히는 동시에 역사적 · 전통적인 존재개념을 역시 시간적인 지평에서 구명할 예정이었으나, 후반부는 발표되지 못했다. 그가 실존사상의 대표자로 인정된 것은, 이 현존재의 실존론적 분석 부분 때문이다. 여기에서 불안 · 무(無) · 죽음 · 양심 · 결의 · 퇴락 등 실존에 관계되는 여러 형태가 매우 조직적 · 포괄적으로 논거되었다. 현존재의 의미가 과거 · 현재 · 미래의 삼상의 통일인 시간성으로서 제시된 것도, 인간이 시간적 · 역사적 존재라고 하는 '삶의 철학' 사상을 실존의 시점에서 다시 붙잡은 것이었다. 그의 현존재 분석은 정신분석에서 문예론, 신학에까지 영향을 주었다. 1935년을 전후하여 하이데거의 사색은 존재 자체를 묻는 방향으로 향했다. 존재는 개개의 존재자와 한 줄에 있는 것이 아니라, 존재자들을 각기의 존재자로 있게 하는 특이한 시간 · 공간이며, 인간은 거기

한 하이데거[25] 뿐이라고 했다.

하이데거의 존재론을 20세기에서 가장 앞서가는 철학으로 인정하는 것도 그의 현상학적 환원[26] 때문이라는 것이다. 그는 모든 선입관을 우리

에 나타나는 것으로 '개존(開存 ; Eksistenz)' 이다. 서양의 철학은 본래부터 존재를 존재자로서 인정하는 '형이상학' 인데 하이데거 역시 존재사관이 있게 한다. 존재자를 인간의 객체로서 처리하는 인간중심적인 '폐존(閉存 ; In-sistenz)' 의 입장은 이 형이상학에, 즉 존재의 망각에서 일어난다. 현대에 필요한 한 것은, 형이상학의 역사를 앎으로써 그것을 넘어서 역사를 이끌어 가는 존재 그 자체를 따르면서 그것을 지키는 일이다. 이와 같은 하이데거의 존재의 사색이 《존재와 시간》의 목표였던 존재 그 자체의 해명과 그것이 그대로 이어지고 있느냐에 관해서는 많은 논란이 있지만, 인간 본연의 자세에 대한 견해가 바뀌어 가고 있는 것만은 분명하며, 그런 뜻에서는 후기의 하이데거를 J. P. 사르트르 등과 같은 급의 실존주의자로 볼 수는 없다는 것이 정설이다. 다른 저서로 《칸트와 형이상학의 문제》(1929), 《형이상학이란 무엇인가》(1929), 《휴머니즘에 관하여 ; er die Humanismus》(1947), 《숲 속의 길 ; Holzwege》(1950), 《횔데를린의 시(詩)의 해명》(1950), 《니체》(1961) 등이 있다.

26) 현상학적 환원(現象學的還元, Phenomenological Reduction) : 철학의 마지막 진리를 찾고자 했던 독일의 유태인 철학자 후설(Edmund Husserl, 1859~1938)의 학설이다. 그는 철학자로서 국가에 대한 의무를 다했으나 나치를 피하지 못했다. 그의 아들은 전쟁터에서 죽었으며, 그는 유태인 대학살이 시작되기 전에 세상을 떴다. 그러나 그가 남긴 4만 쪽 분량의 원고가 책으로 나왔을 때 그 학설을 이어 받은 하이데거는 〈존재와 시간〉을 후설에게 헌정했다. 그러나 나치에 협력했다는 사실로 논란을 빚었다. 현상학은 후설의 학설이지만 분트의 심리학과 람베르트의 인식론을 전제로 한다. 칸트는 현상학을 경험적 현상을 다루는 학문이라는 뜻으로 사용했으며, 헤겔은 《정신현상학(Phä nomenologie des Geistes)》(1807)에서 현상을 감각, 경험, 정신의 문제로 다루었다. 그러나 후설은 브렌타노의 견해를 받아들여 객관적이고 물리적 현상(physical phenomenology)이 아닌 관념적이고 정신적 현상(mental phenomenology)에 눈을 돌렸다. 후설의 현상학에서는 이것을 나무와 인간의 관계로 설명한다. 즉, 나무는 그 자체로 실재하는 즉자적 존재인 반면 인간은 '무엇에 대한 의식', 가령 '나무에 대한 의식' 을 가진 대자적 존재이다. 후설의 말로는 의식의 작용(noesis)이 무엇에 뜻을 부여해 구성한 것이 의식의 대상(noema)이다. 이런 과정을 흔히 '무엇에 대한(conscious of) 지향성(intentionality)' 이라고 한다. 현상학은 경험을 통하여 대상을 인지할 수 있다는 경험론과 인간의 순수이성에 근거한 관념론을 통합하고자 했는데 현상에 대한 인식론인 현상론이 아니다. 후설에 의하면 경험이나 지각 등에 의해서 객관적으로 존재하는 것처럼 보이는 대상들은 의식이라는 거울에 맺힌 상(象)에 불과하다. 그러므로 의식에 맺힌 상의 본질이 무엇인지 알기 위해서는 '현상학적 환원' 이라는 사유작용을 해야 한다. 기왕의 선입견을 무시하는 한편 모든 판단을 멈추고 새로운 눈으로 대상을 보아야 하는 것이다. 그것은 현상 내면 또는 이면에 놓인 본질을 찾아내기 위하여 끊임없이 회귀하고 반성하는 환원이다. 인간의 의식에 있는 불확실하고 불완전한 모든 것을 그만두고 의식의 거울에 비친 밖의 현상을 괄호치며(bracketing) 유예하고 멈춘 다음, 끊임없는 환원을 통하여 본질로 들어가야 한다. 이 지점에서 현상학의 개념인 의식 그 자체가 무엇인가라는 현상학의 원리가 드러난다. 그러니까 철학이 기하학과 같은 명료한 공리성에 근거하기 위해서는 명증한

의 의식으로부터 돌려보내는 환원이야말로 철학을 비롯한 모든 학문의 뿌리가 된다고 했다. 특히 초기 하이데거 이래 현상학적 미학[27]의 발전은 문학예술의 존재론적 해석이 얼마만큼 근원적인 인간 문제인가를 말해준다는 것이다.

김문원은 글과 그림을 통해 모든 이들과 함께 그 아름다움을 나누고 싶어 한다. 그래서 삶의 희열을 맛보면서 가치 있는 삶의 꽃을 피우고자 최선을 다하면서 그림을 그리고 수필을 쓰고 있다.

의식 활동을 찾아내야 한다는 것이다. 이렇게 해야만 의식에 있는 최후이면서 진정하고도 분명한 본질을 알 수 있다. 하지만 이 본질 역시 의식에 맺힌 또 다른 가상일 수 있으므로 또 다시 현상학적 환원이라는 반복적 분석을 통하여 최후의 자기반성을 실행해야 하는 것이다. 현상학적 환원을 위해서는 1차 환원인 형상적 환원을 거쳐서 2차 환원인 선험적 환원으로 나가야 한다. 1차 환원인 형상적 환원은 비본질적 요소를 제거하여 본질적 요소를 포착하는 것이고 2차 환원인 선험적 환원은 의식 바깥에 있는 초월적인 것을 순수의식 안으로 다시 환원하는 것이다. 아울러 생활세계 전반에 공통적인 간주관적 환원이 필요하다. 이 과정에서 직관이 작동되는데 가령 모든 삼각형을 다 경험하지 않더라도 삼각형이라는 보편적이고 선험적인 본질을 인지하게 된다. 이런 현상학적 환원을 수행하는 것은 개별적이거나 특수한 자아가 아니고 보편적인 의식의 주체인 선험적 자아다. 데카르트와 칸트의 사유방법을 계승한 후설의 자기반성은 인간 존재와 의식에 대한 높고도 깊은 사유였다. *참조 〈순수이성〉 (충북문화예술연구소장/ 충북대 교수 김승환) *참고문헌, Edmund Husserl, Ideas Pertaining to a Pure Phenomenology and to a Phenomenological Philosophy- First Book: General Introduction to a Pure Phenomenology,(1913), trans., F. Kersten, (The Hague: Nijhoff, 1982).

27) 미학(美學 ; aesthetica) : 자연 인생 예술에 나타난 아름다움을 연구하는 학문 중 철학의 한 종이다. 아름다움은 인간만이 느끼고 사랑할 줄 안다. 미학은 이러한 인간의 애미적 관심과 애지적 충동에서 비롯했다. 이 용어를 처음 만들고 학문 분야로 홀로 서게 한 이는 18세기 독일 철학자, 교육가인 바움가르텐(Alexander Gottlieb Baumgarten)이다. 그의〈형이상학(Metaphysica)〉(1739)을 교재로 쓴 이가 이마누엘 칸트(1724~1804)이다. 그는 바움가르텐의 미학이라는 학설을 그대로 받아들였다. 그러므로 미학을 학문으로 인정한 이는 칸트가 처음이다. 미학은 논리학과 함께 더 넓은 학문으로 인정되었는데, 바움가르텐은 이를 '인식론' (gnoseology : 또는 theory of knowledge)이라 불렀다(다른 철학자들에게는 epistemology로 알려짐). 미학이라는 용어가 미와 순수예술의 본질에 대한 문제에 한해서 쓰이게 된 것은 그로부터 많은 시간이 흐른 뒤였다. 느낌의 중요성을 유난히 강조하는 바움가르텐 이론의 초점은 창작이었다. 그는 '예술은 자연의 모방' 이라는 전통적 주장을 수정할 필요가 있다고 생각해 '예술가들은 지각된 현실에서 느낌의 요소들을 덧붙임으로써 자연을 신중하게 변형해야 한다' 고 주장했다. 창조적 과정은 예술가 자신의 활동에 반영된다는 학설이다.

마침말

김문원의 예술은 내재된 생명의 질서와 조화의 본질을 통해 글과 그림으로 나타나고 있다. 다시 말해 예술적 깊이와 정신을 한국의 전통과 이어오면서 정중동의 아름다운 생명력으로 꽃피우고 있다는 말이다. 때로는 굵은 붓놀림의 변형으로 자연 현상을 보다 가까이 투사시키고 있으며 그것을 통해 생명의 발현을 위한 근원적인 사유 즉 원초적 사유를 표출시키고 있는 것이다. 그것은 평소 겪었던 조그마한 충격과 그 희열까지도 놓치지 않고 예술로 승화시키고 있는 그녀의 작가로서 그 면모가 이를 증명해 주고 있다. 그녀는 "덧없이 지나 버린 날들에 대한 허전함과 올 날들에 대한 상념으로 마음이 어지러울 때라도 흔들림 없이 오직 예술의 길만을 걸을 것" 이라고 말한다.

김문원의 예술은 겉모습의 돋보임보다도 더 깊은 내면세계의 예술의 힘이 더욱 큰 감동을 준다. 이제 맑고 아름다운 삶의 힘이 자연과 하나되어 김문원 예술의 절정기를 이루고 있다. 더욱 좋은 글과 그림으로 후세 사람들에게 영원한 거울이 되어 줄 것을 기대하면서 글을 마무리한다.

황금물결 억새꽃 바다

•

지은이 / 김문원
펴낸이 / 김정희
펴낸곳 / 지구문학

110-122, 서울시 종로구 종로17길 12 215호(뉴파고다 빌딩)
전화 / (02)764-9679
팩스 / (02)764-7082

등록 / 제1-A2301호(1998. 3. 19)

초판발행일 / 2014년 9월 8일

값 12,000원

E-mail/jigumunhak@hanmail.net

※잘못된 책은 바꿔드립니다.
※저자와의 협약으로 인지는 생략합니다.

ISBN 978-89-89240-55-6 03810